ATALANTE

ATALANTE

Une précédente version de cet ouvrage est parue en 2002
dans la collection « Castor Poche », sous deux titres séparés :
La Fille de la déesse © Flammarion, 2002
La Quête de la Toison d'or © Flammarion, 2002

Nouvelle édition revue par l'auteur
87, quai Panhard-et-Levassor – 75647 Paris Cedex 13
ISBN : 978-2-0812-6746-6

ANNE-SOPHIE SILVESTRE

ATALANTE

1. La quête de la Toison d'or

Flammarion Jeunesse

« Ou comme cestuy-là qui conquit la Toison... »

Joachim Du Bellay

Le voyage des Argonautes

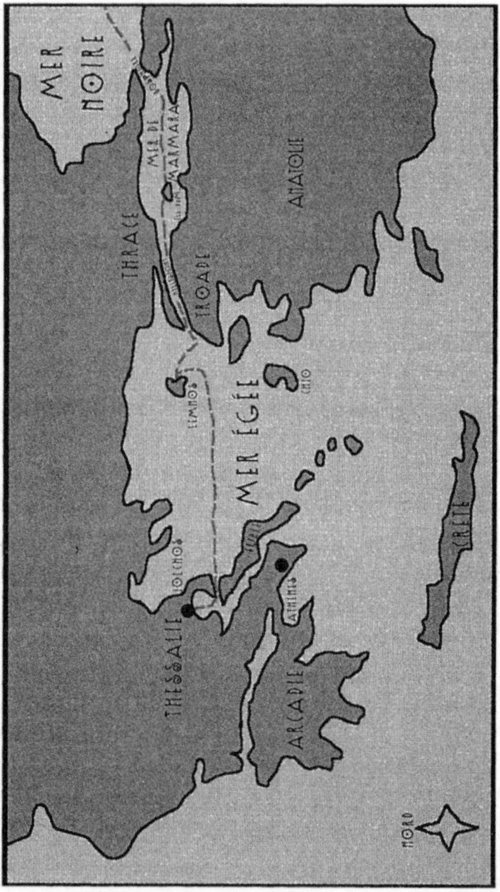

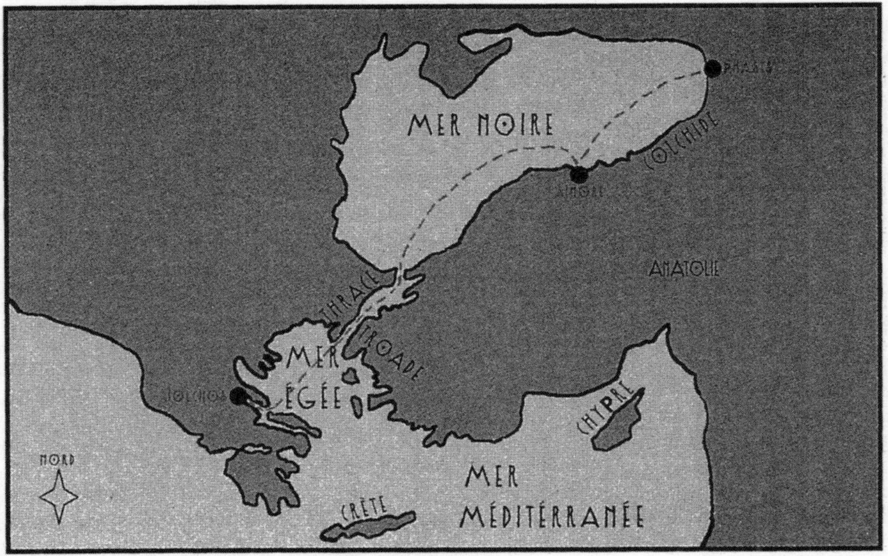
MER NOIRE
COLCHIDE
ANATOLIE
THRACE
TROADE
MER ÉGÉE
CHYPRE
NORD
CRÈTE
MER MÉDITERRANÉE

Chapitre 1

Le terrible vœu

Le roi Chonée régnait en Grèce sur la ville de Termessos. Il était beau, il était jeune, sa cité était prospère et son armée suffisamment forte pour avoir la paix avec ses voisins. Pour couronner le tout, on venait de célébrer ses noces avec la jolie Philis, et Chonée se faisait une joie d'avoir bientôt des enfants. Il les voulait nombreux. Son plus grand plaisir était d'imaginer un fils qui lui ressemblerait. Et ce petit garçon, le futur roi de Termessos, deviendrait le meilleur guerrier, le coureur le plus endurant et le chasseur le plus adroit qu'on ait jamais vu.

Les dieux – ou la nature – étaient bien disposés à son égard. Philis reconnut bientôt qu'elle était enceinte et les médecins confirmèrent la bonne nouvelle. Le roi Chonée devint alors intarissable sur le chapitre de son fils : et comment cet enfant apprendrait à tirer à l'arc, et à quel âge il monterait sur un cheval... Il pouvait parler de ses projets pendant des heures entières.

Un soir, Chonée rentrait de la chasse. Le jour avait été chaud, le soleil descendait sur l'horizon, les chasseurs de sa suite, fourbus et joyeux, marchaient au pas en laissant les rênes longues à leurs chevaux. Chonée se sentait particulièrement heureux. La journée avait été belle ; il montait Éros, son cheval préféré, qu'il appelait parfois « son meilleur ami » ; et, encore une fois, il bavardait à propos de ce fils tant attendu.

Ce fut alors que Iolos, l'un des chasseurs, fit observer :

— Dis-moi, roi Chonée, tout cela est bien beau, mais il naît autant de petites filles que de petits garçons. Si les dieux t'envoient une fille, tu lui apprendras à broder et filer la quenouille ?

Ce fut comme si la foudre était tombée au milieu des chasseurs. Il y avait tant de malveillance et de perfidie dans la voix de Iolos que tous reconnurent dans cette moquerie d'apparence bénigne une insulte grave. Cette question était un soufflet lancé au visage du roi. Les chasseurs, si insouciants un instant plus tôt, furent comme pétrifiés. Et tous attendirent dans un silence plein d'appréhension la réaction de Chonée.

Iolos était l'un des plus anciens compagnons du roi. Il était le fils du premier magistrat de la ville. Chonée et lui avaient grandi ensemble. Depuis l'enfance, une idée dominait toutes les pensées de Iolos : pourquoi lui et pas moi ? Pourquoi la Fortune favorisait-elle à ce point Chonée ? Il avait tout : le trône, la richesse, la beauté, Philis !... Tout cela sans jamais avoir eu à lever le petit doigt. Le sort était injuste !

Chonée ne s'était jamais douté des sentiments qui agitaient Iolos. D'abord parce que, possédant tout, la jalousie lui était étrangère. Et ensuite, parce que les états d'âme de Iolos, il ne leur avait jamais accordé un instant d'intérêt.

En entendant les paroles de Iolos, le roi Chonée était devenu blême. Il ressentit l'outrage comme un coup de cravache. On l'attaquait dans ce qu'il avait de plus précieux : son enfant à naître et la succession au trône de Termessos ! Mais, il y avait autre chose qu'il percevait tout aussi clairement, c'était l'attente des autres chasseurs. Ils attendaient que leur roi réponde à l'affront par un geste fort, un acte de roi, une décision qui établisse incontestablement son autorité de monarque. Malgré sa fureur, Chonée éprouva à ce moment peur et indécision. Il était jeune, c'était la première fois qu'on le défiait et, qui pis est, l'attaque venait d'un de ses proches.

S'il répondait avec maladresse, il perdrait la face et l'autorité de tout son règne en serait compromise.

Une décision qui aurait été délicieuse à prendre, ç'aurait été d'ordonner qu'on coupe immédiatement la tête de Iolos. Mais sous quel prétexte ? Pouvait-on faire décapiter le fils d'un magistrat pour une raillerie, cette raillerie fût-elle chargée de toute la haine et de toute la rancœur du monde ? Non, on ne le pouvait pas, décida Chonée en lui-même. Mais Iolos ne perdait rien pour attendre et, un jour, ce serpent paierait pour ce qu'il venait de dire. Non, dans l'immédiat, il fallait accomplir un acte extraordinaire, un acte qui le place au-dessus des hommes, près des dieux, à sa place de roi donc.

Chonée s'efforça de maîtriser la colère de sa voix et de rendre son visage impassible.

— Les dieux, dit-il enfin, m'ont toujours témoigné leur bienveillance. Ils savent que j'ai besoin d'un fils qui me succède et devienne votre roi.

Il appuya fortement sur « votre » et promena sur les assistants un regard sévère, presque menaçant.

— Il est donc probable qu'ils m'enverront un garçon. Toutefois...

Le roi s'interrompit, regardant fixement les cailloux du chemin.

— Toutefois, reprit-il, si une fille naissait, je considérerais que les dieux me mettent à l'épreuve et qu'ils attendent de moi les plus grands sacrifices.

Je leur offrirais ce que j'ai de plus cher après la reine Philis : ma fille première-née ! Puissent-ils agréer ce sacrifice et me faire don ensuite du fils que j'espère !

Chonée, la sueur lui perlant au front, releva les yeux et regarda ses compagnons. Ils avaient mis pied à terre et se tenaient un genou au sol, à la fois éblouis et consternés par le terrible vœu que leur roi venait de prononcer. Chonée était véritablement un grand roi ! Il traitait directement avec les dieux et offrait sa fille pour le bien de la cité. On n'avait encore jamais rien vu de tel !

Sans un mot de plus, Chonée reprit ses rênes et resserra ses jambes contre les flancs d'Éros. Éros prit le galop et le roi rentra à Termessos d'une traite. Des larmes coulaient sur son visage. Il entra dans le palais sans ralentir son allure. Lui qui, au retour de la chasse, passait toujours une heure à baigner les membres de son cheval et à le panser, il abandonna Éros aux palefreniers sans même le dessangler et courut se réfugier dans sa chambre où il interdit à quiconque d'entrer.

Son cœur battait à se rompre. Avait-il bien agi ? Certes, son prestige de roi était maintenant plus grand que jamais. Mais à quel prix ?... Il tenta de se rassurer en se souvenant que, comme l'avait rappelé ce putois de Iolos, il naissait autant de petits garçons que de petites filles. Et les dieux ne pouvaient pas lui vouloir soudain tant de mal...

Toute sa joie des mois précédents avait disparu. Il donna ordre à l'entourage de la reine – sous peine de mort ! – d'empêcher qu'un seul mot du serment prononcé sur le chemin des collines arrive aux oreilles de Philis. Dans son état, aucune nouvelle angoissante ne devait lui parvenir. Et Chonée ne parla plus de l'enfant à venir. Lui qui avait espéré avec tant d'impatience le terme de la grossesse de Philis, il redoutait maintenant de le voir arriver.

Chapitre 2

Confiée aux dieux

Quand l'heure de la naissance fut arrivée, Chonée s'enferma dans ses appartements et attendit, seul, dans la peur et l'angoisse, la délivrance de son épouse.

Quelques heures plus tard, les médecins et les sages-femmes frappèrent à sa porte pour lui présenter le nouveau-né.

Le roi se tenait face au mur.

— Alors ?... demanda-t-il sans se retourner.

La première sage-femme fit une respectueuse révérence.

— Ô roi Chonée, ton épouse se porte bien. Ton enfant aussi... C'est une fille...

— Ah, dit simplement Chonée.

Il attendit pour leur faire face que toute émotion ait disparu de son visage. Enfin, il se tourna vers eux. L'usage voulait que le roi prît le bébé des mains de la sage-femme devant tous. Ce geste marquait de manière symbolique qu'il reconnaissait l'enfant.

Chonée prit la nouvelle-née avec d'infinies précautions. « Comme c'est petit ! songea-t-il, cela tient juste dans les deux mains... » Le bébé ouvrit les yeux, ils étaient bleus, encore un peu troubles. Il sembla à Chonée que ce regard était curieux et amical. Puis la petite saisit un doigt du roi dans sa main minuscule et s'y agrippa. Chonée remarqua alors qu'elle avait une tache sur le poignet droit, une petite marque brun doré en forme de croissant de lune... Et soudain, le souvenir poignant de ce qu'il avait à accomplir lui revint. Il prit une profonde inspiration, éleva légèrement l'enfant et prononça :

— Ô grande Artémis, déesse de la nature sauvage et de la fécondité, ce que je t'avais promis, je te le donne ! Je te confie ma chère fille. Et si mon sacrifice te plaît, donne-moi un fils !

Se tournant vers la porte, il appela :

— Okaénos !

Okaénos, le capitaine des gardes, qui veillait devant l'appartement du roi, entra et salua profondément.

— Ô roi Chonée ?...

Chonée lui remit l'enfant.

— Okaénos, quitte le palais à l'instant et sans parler à quiconque. Tu vas gravir le mont Parthénion.

Quand tu seras proche du sommet, dépose cette enfant sur les pierres et laisse-la là.

Le capitaine, habitué à obéir à son roi sans murmurer, prit le bébé et sortit. Chonée se tourna alors vers les médecins et les sages-femmes :

— Vous tous, écoutez-moi ! dit-il, la voix terrible. Vous allez retourner auprès de la reine et vous lui direz que l'enfant est née presque sans souffle et qu'elle n'a vécu que quelques minutes. Dites-lui aussi que j'ai confié son corps aux prêtresses du temple d'Artémis à Éphèse. Si l'un de vous trahissait le secret de ce qui s'est passé ici aujourd'hui, il mourrait dans le quart d'heure !

Les médecins et les sages-femmes, terrifiés, prêtèrent en balbutiant le serment qu'on leur demandait et se retirèrent précipitamment. Chonée demeura seul. Il lui semblait que Philis souffrirait moins de savoir que son bébé était mort à la naissance, ce qui était le lot de beaucoup de nouveaux-nés, plutôt que d'apprendre que l'enfant avait été volontairement abandonnée sur la montagne par ordre de son père.

Pendant ce temps, Okaénos marchait vers le mont Parthénion. Le capitaine aimait les enfants. Lui et sa femme Ismène en avaient six et en attendaient un septième.

C'était pitié, pensait-il en examinant le bébé, de ne pas laisser vivre une aussi belle petite... Sur les pentes de la montagne balayées par le vent, elle allait mourir de froid et de faim.

Pour la première fois de sa vie, il songea à enfreindre les ordres de son roi. Il allait ramener cette enfant chez lui et la confier à Ismène ; parmi toute leur marmaille, personne ne s'apercevrait jamais qu'il y en avait une de plus... Mais, soudain, il se souvint avec terreur que Chonée avait solennellement offert l'enfant à la déesse Artémis. Qui était-il, lui, Okaénos, petit capitaine des gardes, pour se mêler des affaires des rois et des dieux ? Et que se passerait-il si, en grandissant, l'enfant présentait une ressemblance troublante avec l'un de ses parents ? Non, c'était affreux, mais il fallait obéir et abandonner l'enfant.

Sur les dernières pentes du mont Parthénion, il déposa le bébé. Non pas sur les pierres : il l'enveloppa dans son manteau de soldat et l'installa à l'abri du vent, derrière un rocher. Avec son poignard il coupa des branches de buissons qu'il arrangea comme un toit pour la protéger du soleil. Enfin, le capitaine perça un doigt d'un de ses gants de cuir pour en faire une tétine, et fit boire au bébé de l'eau mélangée de miel.

— Peut-être, ainsi, dit Okaénos, vivras-tu assez longtemps pour qu'un chien de berger te trouve et aille chercher son maître... Je te demande pardon, mais je ne peux rien de plus pour toi...

Et Okaénos, horrifié par ce qu'il venait de faire, partit en courant. Il dévala la pente, sautant les buissons et les rochers, fuyant son crime. Et il maudissait la folie de son roi, l'exigence des dieux et sa propre lâcheté. Soudain, il s'arrêta. Il se retourna vers la montagne et cria de toute sa force :

— Artémis ! On t'a confié l'enfant, alors fais quelque chose !

Chapitre 3

Une année parmi les loups

La déesse Artémis avait suivi ces événements avec attention. Ses divins bras lui en tombaient : que ces humains étaient donc compliqués !

Que d'agitation pour peu de chose ! Ce Iolos, dévoré par l'envie, vivait de l'idée que le sort était injuste envers lui mais jamais il n'avait fait d'effort pour devenir un grand homme. Le roi Chonée, quel sot ! Elle savait bien, elle, Artémis, ce qu'elle aurait fait, si elle s'était trouvée à sa place. Quand Iolos avait proféré ses venimeuses paroles, elle aurait pris son arc et lui aurait transpercé la gorge. Ce chacal n'aurait même pas eu le temps de finir sa phrase. Et si c'était de l'autorité que Chonée voulait, il en aurait eu, et à la pelle encore ! Mais il avait tout embrouillé. Il avait imaginé ce vœu absurde que personne ne lui demandait. Il avait menti à sa femme. Il serait malheureux jusqu'à son dernier jour, et Philis aussi, ce qui était bien injuste... Quel gâchis ! Et les chasseurs, stupides d'admiration devant ce serment cruel... Et Okaénos : son bon cœur lui avait indiqué la solution mais la peur avait été plus forte que la compassion.

Elle soupira : enfin !...

Donc, c'était à elle, Artémis, que revenait la responsabilité de l'enfant. Eh bien, soit ! Elle n'y voyait pas d'inconvénient. Elle adorait les enfants.

Dès que les pas d'Okaénos se furent éloignés vers la vallée, la déesse s'approcha.

— Mais, c'est que nous sommes ravissante !... dit-elle en retirant le bébé de son abri. On te mangerait de baisers... Dis donc, il t'en a fait une jolie maison, papa Okaénos.

À cet instant, l'appel d'Okaénos, répété par les échos, arriva jusqu'à elles : « Fais quelque chose... chose... chose !... »

Artémis haussa ses divines épaules :

— Bien entendu !... Ce n'est pas la peine de crier si fort.

Toutefois, ce témoignage de confiance chatouilla agréablement sa vanité et la mit de bonne humeur :

— Avant tout, je vais te donner un nom. Tu seras Atalante. Mais, dis-moi, il est l'heure de manger, mon amour ! Tu dois avoir faim... Et si nous te cherchions une nourrice ?... Ah ! mais ne t'en fais pas, fille de roi, filleule de déesse, nous allons te trouver ce qu'il y a de mieux.

Un peu plus bas dans la montagne, à l'étage des arbres, dans une grotte, une louve avait mis bas quatre petits quelques jours plus tôt. Quatre boules de poils aux yeux encore fermés qui se serraient contre son flanc.

— Louve, dit Artémis en pénétrant dans la grotte, voudrais-tu me rendre service ? Ma petite a faim.

La louve était bonne et gentille et ne fit pas d'embarras. Ce n'est d'ailleurs pas rare. Il existe une quantité d'histoires de louves qui ont nourri un ou deux enfants d'homme parmi leurs louveteaux. La louve déposa la petite toute nue au milieu de ses boules de poils et guida de sa truffe grise la bouche du bébé vers sa mamelle rose. Atalante happa cette mamelle et se mit à téter avec une énergie qui fit rire la déesse.

— Je crois que je peux vous laisser, dit Artémis. Tiens, j'oubliais, Atalante a un cadeau pour vous...

Elle étala le manteau d'Okaénos sur le sol de la grotte.

— C'est sa précédente nounou qui le lui a donné, indiqua-t-elle.

La louve s'installa sur le manteau avec sa nichée, et tous s'accordèrent pour le trouver très confortable.

Ainsi Atalante vécut-elle sa première année chez les loups.

La vie des louveteaux pendant leur première année est charmante. Ils n'ont que trois occupations : jouer, manger et dormir. Très vite, leur mère leur apporte des morceaux de viande crue qu'ils déchirent de leurs petits crocs, tirant chacun de leur côté en essayant de rugir à la façon des seigneurs loups. Et c'est merveilleusement amusant.

Atalante était pleinement heureuse. Elle croyait tout à fait être un loup elle-même. Elle grondait et mordait avec autant d'enthousiasme que ses frères et sœurs louveteaux. Ensemble, ils roulaient dans la poussière jusqu'à en rester pantelants d'essoufflement. Ensemble, ils dormaient en tas, couraient à quatre pattes et se faisaient lécher par mère louve.

À huit mois, Atalante fit une découverte : en prenant appui contre un arbre ou un rocher, elle pouvait se mettre debout. À dix mois, elle fit ses premiers pas. À un an, elle marchait devant la grotte avec vélocité. Elle avait compris qu'elle était faite pour se déplacer sur deux pattes, tout comme sa famille loup était faite pour marcher sur quatre. Il n'y avait rien là de bien sorcier, elle était un loup à deux pattes, voilà tout.

Artémis, qui suivait ces progrès, était enchantée.

— Regardez, disait-elle à ses nymphes, regardez comme ma petite est intelligente. Les enfants, d'ordinaire, progressent en imitant leurs aînés. Celle-ci a senti toute seule que son don à elle, c'est de courir sur deux jambes.

La déesse savait qu'il serait bientôt temps de retirer sa filleule de chez les loups. Les louveteaux devaient maintenant apprendre à chasser. Dans quelques mois, il leur faudrait savoir se nourrir par eux-mêmes. Une nouvelle portée allait alourdir les flancs de la louve, elle aurait besoin de toutes ses forces pour ces petits-là. Artémis jugeait que c'était un peu tôt pour Atalante. Les petits d'homme, par nature, apprennent à chasser plus tard. Atalante viendrait poursuivre son éducation chez les nymphes.

Chapitre 4

Le sanglier de Calydon

Les nymphes étaient les compagnes d'Artémis. Divinités de rang secondaire, elles exprimaient les esprits de la forêt, de la montagne et des rivières. La déesse et ses amies vivaient dans les forêts de l'Arcadie. Leur grande affaire était la chasse. Leur seconde passion était le sport. Elles ne se lassaient jamais d'organiser entre elles des concours de course à pied, de natation ou de tir à l'arc.

Les nymphes, cependant, avaient un sujet de chagrin. Elles vivaient très longtemps et les enfants-nymphes étaient rares. Elles n'avaient donc que peu d'enfants au cours de leur longue vie. Or, elles étaient douées d'une nature maternelle et généreuse et se seraient volontiers accommodées d'un bébé chaque année. On imagine leur joie quand elles virent arriver Atalante ! La petite louvarde, joyeuse et sauvage, qui mordait à pleines dents dans les pommes vertes, la viande crue et la vie en général, conquit immédiatement leurs cœurs.

Pendant toutes les années qu'Atalante passa chez les nymphes, elle fut aimée, choyée et dorlotée comme peu d'enfants ont le bonheur de l'être. Les nymphes se mettaient en quatre pour leur sauvageonne. Elles lui tissaient des tuniques dans un lin doux qui ne grattait pas. Elles peignaient ses bouclettes et en retiraient les petits morceaux de mousse et d'écorce qui s'y prenaient sans jamais lui tirer les cheveux. Elles chassaient pour elle du gibier jeune, facile à manger. Et, à l'heure du coucher, elles lui racontaient des histoires et lui chantaient des chansons.

Les nymphes aimaient courir. Elles couraient pour chasser, pour se déplacer, ou pour le plaisir. Atalante ne manqua jamais de partenaires pour jouer à chat. Quand elle eut deux ans, elle exigea en trépignant de participer aux courses que les nymphes, pour se distraire, organisaient entre elles. Et, quelques années ayant passé, elles n'eurent plus besoin de ralentir leur allure pour que leur petite puisse figurer sur la ligne d'arrivée en même temps que ses concurrentes.

Quand elle en eut l'âge, on tailla pour Atalante un arc et des javelots à sa mesure. Les nymphes lui apprirent à ajuster ses tirs, elles furent charmées de découvrir qu'elle avait le coup d'œil rapide et précis. Atalante trouva ce nouveau jeu passionnant. Elle adorait le petit frisson qu'on ressent au creux de l'estomac quand on a juste lâché sa flèche et qu'on suit sa trajectoire du regard. Dans cet état d'esprit, elle apprit vite.

Le jour de ses sept ans, la déesse Artémis déclara avec solennité qu'Atalante était maintenant assez grande pour l'accompagner chaque jour à la chasse. Ces courses étaient longues, les chasseresses marchaient vite et ne s'arrêtaient pas souvent. Les premiers mois, Atalante fut souvent à la peine. Mais jamais elle ne se plaignit. Elle marcha parfois les yeux pleins de larmes et les dents serrées, jamais elle ne demanda à ralentir ou se reposer. Elle éprouvait une telle fierté d'accompagner Artémis qu'elle aurait mieux aimé tomber d'épuisement plutôt que reconnaître qu'elle était fatiguée.

À quinze ans, Atalante était longue et mince comme un jeune palmier. Ses yeux étaient gris et doux comme l'ardoise. Ses cheveux hésitaient entre le blond et le roux, comme le soleil quand il commence à baisser. Elle courait avec la grâce et l'agilité d'une gazelle, et elle tirait à l'arc ou lançait le javelot avec une sûreté de geste qui faisait l'orgueil de ses mères adoptives.

Le soir, quand la nuit tombée faisait qu'il n'y avait plus d'autre distraction possible que la conversation,

Artémis et les nymphes se réunissaient autour du feu et bavardaient. Elles parlaient de tout, de rien, du temps qu'il avait fait, de la chasse du jour et des aventures des humains, spectacle toujours inattendu et passionnant.

— Connaissez-vous Calydon ? demanda un soir la déesse.

— N'est-ce pas cet endroit où il y a un terrible sanglier ? interrogea l'une des nymphes.

— Un sanglier terrifiant, gros comme un taureau, dont les défenses et les sabots sont durs comme le bronze ? précisa une autre.

— C'est bien cela, mes enfants, dit Artémis. Eh bien, ce sanglier qui fait tant de mal aux gens de Calydon, c'est à cause de moi qu'il est là.

Atalante était assise en tailleur parmi les chasseresses. Elle veillait à se tenir bien droite. Elle s'était levée avant le jour pour accompagner Artémis. En fin d'après-midi, elle avait encore nagé dans le lac avec les nymphes. Elle tombait de sommeil, mais pour rien au monde elle n'aurait laissé voir qu'elle avait moins d'endurance que ses compagnes. De temps à autre, elle se pinçait fortement l'intérieur de la cuisse, excellent remède contre l'assoupissement.

— Il y a deux ans, raconta la déesse, Calydon connut une extraordinaire récolte. Les habitants, après avoir vendangé leurs vignes et rentré leurs moissons, organisèrent des cérémonies en l'honneur des dieux. Ils honorèrent Déméter, déesse des récoltes, pour la remercier de l'abondance de blé, Pallas Athéna[1] à qui ils devaient tant d'olives, et Dionysos[2] pour avoir chargé leurs vignes de tant de raisin. Et moi ? Rien du tout ! Pas la moindre offrande, pas le plus petit bûcher ! Ils auraient pourtant bien dû penser que, si belle récolte il y avait, c'est que moi, Artémis, j'avais retenu loin de leurs champs les bêtes sauvages. Ils me devaient bien un petit merci. Je fus vexée de leur ingratitude...

La déesse s'interrompit et eut un petit rire qui se moquait d'elle-même :

— En vérité, je suis parfois aussi susceptible et vaniteuse qu'une humaine.

Elle reprit :

— Ces énormes sangliers vivent ordinairement dans les forêts de l'Aracynthe, une contrée très loin vers le nord où il n'y a pas d'hommes. Il y a quelques mois, je ne sais pourquoi, il a pris fantaisie à l'un d'eux de migrer. Un jour, comme ça, il est parti tout seul vers le sud... J'aurais pu le faire rentrer chez lui, mais, quand j'ai vu qu'il se dirigeait vers Calydon, je l'ai laissé aller. Et aujourd'hui, ce

1. Pallas Athéna : déesse de la sagesse. La légende dit qu'elle créa l'olivier et en fit don aux hommes.

2. Dionysos : dieu de la joie, de l'inspiration artistique et de la vigne.

monstre détruit des champs, des bois et des vergers entiers. Il attaque même les bœufs et les chiens de berger. Tous les chasseurs de Calydon se sont mis à ses trousses, mais l'animal est dangereux comme un fauve et a la peau plus dure qu'une cuirasse. Plusieurs chasseurs ont déjà été blessés.

— Ô déesse, demanda une nymphe, vas-tu laisser longtemps ces gens souffrir ?

— Non, répondit Artémis. Le prince Méléagre, fils du roi de Calydon, a décidé d'en finir. Voyant que les traques ordinaires étaient inutiles, il a invité les meilleurs chasseurs de toute la Grèce. « J'appelle, a-t-il dit, tous les héros épris de gloire. Notre chasse sera prodigieuse. Nous ne l'arrêterons que quand cette bête sera abattue. Quelques-uns d'entre nous y trouveront peut-être la mort, mais tous ceux qui seront là gagneront honneur et renommée ! »

— Il est bien, ce jeune homme ! dit l'une des nymphes. Est-il beau ?

Artémis eut un sourire malicieux.

— D'une extraordinaire beauté, répondit-elle.

— Eh bien, s'exclamèrent les nymphes, allons aider ce beau prince ! Ô Artémis, prendrons-nous part à cette chasse ?

— Non pas, dit la déesse. Moi aussi, ce jeune Méléagre me plaît, c'est pourquoi je tiens à lui laisser tout le mérite de son entreprise. Toutefois, l'une de nous ira l'aider. Ce sera un signe que je ne suis plus fâchée et que j'honore le courage de Méléagre. Atalante, ma fille, c'est toi qui iras à Calydon.

Atalante écoutait le récit d'Artémis avec tant d'intérêt qu'elle en avait oublié sa fatigue. Elle se leva d'un bond, stupéfaite d'être désignée pour un tel honneur. Il y eut un silence parmi les nymphes. Enfin, l'une d'elles prit la parole, d'une voix qui trahissait son inquiétude :

— Ô grande déesse, loin de nous l'idée de disputer cet honneur à notre Atalante, mais elle est si jeune... Calydon est si loin... Ce sanglier est si terrible... Et puis, là-bas, tous ces chasseurs, tous ces hommes... Pour une jeune fille...

Artémis adressa à sa filleule un regard plein d'affection :

— Ne vous tourmentez pas, Atalante se débrouillera très bien et je suis sûre qu'elle se couvrira de gloire. Et, enfin, je crois que notre Atalante connaît mieux les bêtes de la forêt que les hommes, et qu'il est temps qu'elle rencontre un peu les siens. Atalante, mon enfant, tu n'as pas peur ?

Atalante fit joyeusement signe que non. Les noms de Méléagre et de Calydon avaient déjà enflammé son imagination. Des sangliers, elle en avait déjà chassé, et si celui-ci était gros, tant mieux ! Quant aux hommes, elle en faisait son affaire.

— Tu partiras au point du jour. Les autres chasseurs sont déjà en route, ils ne t'attendront pas.

Atalante s'inclina en signe d'obéissance. La déesse reprit :

— Et, savez-vous ? C'est vraiment une créature étonnante que ce sanglier. Dans son cerveau, il n'y a de place que pour une seule idée : la lutte. Et pour le combat, il a du génie ! Souviens-t'en et prends garde.

Chapitre 5

Les hommes de Calydon

Venant de toute la Grèce et de l'Asie Mineure, des hommes à l'esprit aventureux avaient répondu à l'appel de Méléagre. Méléagre et son père, le roi Œnée, accueillirent leurs invités par un festin de bienvenue. Les chasseurs se réunirent dans la salle de banquet du palais et s'allongèrent sur des lits de repos. Des jeunes gens et des jeunes filles aux cheveux tressés de fleurs servaient des vins fins et des mets exquis. Œnée et Méléagre présidaient le repas et veillaient au bien-être de chacun.

Les chasseurs étaient de la plus joyeuse humeur, ils dévoraient à belles dents pour réparer les fatigues du voyage et évoquaient bruyamment leurs exploits passés et la belle chasse qu'on lancerait le lendemain. Ils avaient un air de force et de décision qui aurait grandement inquiété le sanglier s'il s'était trouvé là lui aussi. Parmi les convives se trouvaient Toxée et Calixte, les frères de la reine, les beaux-frères du roi Œnée.

Depuis longtemps, Œnée leur avait donné à tous deux le titre de Maîtres des Chasses de Calydon. Toxée et Calixte aimaient la chasse avec passion. Ils la considéraient comme un art compliqué et raffiné. Des années durant, ils avaient rempli leur fonction avec scrupule et compétence. Mais, aujourd'hui, ils se trouvaient parmi les invités comme des chasseurs ordinaires, et ils en étaient extrêmement irrités. Normalement, c'étaient eux, les Maîtres des Chasses, que le roi aurait dû charger d'organiser cette splendide battue ! Cette chasse aurait été leur chef-d'œuvre. C'étaient eux qui auraient dû présider ce festin. Mais le prince Méléagre avait tout ordonné sans les consulter en rien, ni même les avertir.

Il n'y avait pas si longtemps, Méléagre était un gamin maigre et espiègle, charmant, respectueux de ses aînés. Puis, en deux ou trois années, il avait dépassé ses oncles d'une tête, ses muscles étaient devenus larges et puissants, et une barbe noire comme une plume de corbeau lui était venue au menton. Toxée et Calixte commençaient à le trouver bien arrogant, ce jeune seigneur. Monsieur l'héritier du trône semblait pressé d'établir son autorité.

En vérité, Méléagre et le roi Œnée n'avaient jamais eu l'intention d'offenser les frères de la reine. Ils les avaient simplement oubliés, ce qui d'une certaine façon était pire. Quand Méléagre avait conçu son grand projet et l'avait soumis à son père, on n'avait pas pensé aux oncles... Il n'était même pas venu à l'idée du roi et de son fils que Toxée et Calixte puissent être froissés. Malheureusement, leur fonction de Maître des Chasses était leur raison de vivre et ils ressentirent cette mise à l'écart avec une profonde amertume.

Un majordome s'approcha du roi Œnée et l'informa à l'oreille qu'un nouveau voyageur était à la porte du palais et demandait à participer à la chasse.

— Qu'il entre et prenne place parmi nous, répondit le roi d'une voix forte. Qui soit-il, il est le bienvenu !

Tous les convives acclamèrent de façon tonitruante le nouveau compagnon qui leur arrivait et portèrent leur coupe de vin à sa santé. Le majordome écarta le rideau et le retardataire entra. Le silence se fit dans la salle du festin. Le nouveau venu n'était pas un puissant guerrier, mais une jeune fille !... Longue, mince, blonde, très jeune. Pourtant, il n'y avait pas de doute possible, elle venait bien pour la chasse : elle portait plusieurs javelots, un grand arc de frêne et un carquois empli de flèches.

Méléagre fut auprès d'elle en trois bonds. Il ordonna aux serviteurs de se charger de ses armes et lui prit la main :

— Sois la bienvenue, courageuse entre les courageuses. Nous diras-tu ton nom, toi qui affrontes seule les dangers de la route et ne sembles pas craindre le sanglier de Calydon ?

Atalante le regardait droit dans les yeux sans timidité aucune. Elle pensait simplement que ce prince était beau, aussi beau que l'avait dit Artémis, et que ce serait bien amusant de chasser en sa compagnie.

— Je m'appelle Atalante. Pardonne mon retard, ô prince, mais le chemin est long depuis les montagnes de l'Arcadie.

Le roi Œnée s'était levé, lui aussi, et avait pris l'autre main d'Atalante :

— Mon enfant, je vois à ton allure que tu es déjà une chasseresse expérimentée malgré ton jeune âge. Mais ce n'est pas le cerf ou la biche que nous courrons demain, c'est une bête terrible. Les flèches glissent sur son cuir sans l'entamer. N'as-tu pas une mère et un père qui attendent ton retour et qui seraient désespérés de te perdre ?

— Merci, ô roi, répondit Atalante. Je n'ai pas d'autre parent que ma mère adoptive, la divine Artémis, et c'est elle-même qui m'a ordonné de vous rejoindre. « Ma fille, a-t-elle dit, va aider les chasseurs réunis à Calydon. Dis-leur que je salue leur courage et que je souhaite de tout mon cœur le succès de leur entreprise. »

Œnée et Méléagre s'inclinèrent comme pour remercier la déesse et son envoyée, puis ils invitèrent Atalante à venir s'asseoir entre eux, à la place d'honneur. Mais Toxée, sur son divan, aux mots de « Va les aider », avait haussé les épaules avec dédain. Depuis quand des hommes experts dans l'art de la chasse avaient-ils besoin d'une péronnelle pour chasser le sanglier ?

Ce geste n'avait pas échappé à Méléagre. Le jeune prince demanda abruptement :

— Y a-t-il quelque chose qui te contrarie, mon oncle Toxée ?

Toxée se leva et planta son regard dans celui de Méléagre :

— Oui, il y a quelque chose ! Je voudrais savoir si tu as l'intention d'emmener cette personne demain avec nous ?

— Parce que tu y verrais un inconvénient, mon oncle ?

— Parfaitement ! Il est contraire aux règles et usages de la chasse d'emmener des femmes quand on traque un gibier dangereux. Ce n'est pas un lapin que nous pistons ! Cette personne nous a transmis le message de sa maîtresse, c'est très bien, et nous l'en remercions, mais, en tant que Maître des Chasses, je m'oppose formellement à ce qu'elle nous accompagne.

Calixte vint se placer à côté de son frère.

— Je m'y oppose également.

Cette contestation irrita profondément Méléagre.

— Dans cette chasse, il n'y a pas d'autre maître que moi. Et je décide qu'Atalante viendra avec nous si elle le désire. La grande Artémis nous fait la grâce de nous envoyer sa fille en signe de réconciliation et nous récuserions sa messagère ?

— Il ne s'agit pas du message d'Artémis. Il s'agit d'usages et de traditions bien plus anciens que toi, et que tu bouscules selon ton humeur ou ta fantaisie !

— Je n'ai que faire des traditions ! Cette chasse est la mienne et nul autre que moi n'y donne d'ordres.

Mais la colère de Méléagre parut soudainement se tempérer. Il regarda Toxée en face et reprit avec insolence :

— Voyons, mon oncle, je te trouve bien timide avec les femmes... Est-ce que tu ne serais plus un homme pour que cette jeune fille te fasse peur ? À moins que tu ne craignes qu'à la chasse elle soit meilleure que toi ?

Il y eut quelques rires parmi les chasseurs.

Toxée devint blême. Mais, après quelques instants pendant lesquels il sentit qu'il reprenait le contrôle de son visage et de sa voix, il répondit :

— Très bien, prince Méléagre, tu as raison, c'est toi le maître. Mais permets-moi de te dire une dernière chose : tu agis mal ! Tu parles, tu décides et tu tranches, sans réflexion aucune, en esclave de tes caprices. Si, plus tard, tu diriges ton royaume comme tu conduis cette chasse, tu finiras mal, mon beau neveu.

Toxée se rassit. Il fit signe qu'on lui serve à boire et il reprit son repas, comme pour signifier qu'il ne dirait rien de plus et qu'il n'attachait aucune importance à ce que son neveu pourrait ajouter. Méléagre, exaspéré, eut un mouvement pour se porter vers son oncle, mais son père lui saisit le bras et l'arrêta.

— L'incident est clos ! dit le roi d'un ton sans réplique. Atalante décidera elle-même ce qu'elle fera.

Chapitre 6

EST-CE CELA, ÊTRE AMOUREUX ?

Le roi Œnée fit signe aux musiciens de jouer et aux serviteurs de verser à boire et de servir les mets. Il y eut un moment de gêne et de silence embarrassé. Les conversations reprirent à voix presque basse mais, après un moment, le brouhaha des paroles se fit plus fort. Il y eut quelques rires et, un quart d'heure plus tard, tout le monde semblait avoir oublié cette querelle.

Méléagre, dont l'émotion s'apaisait, se pencha vers Atalante :

— Tu sais, Atalante, tout à l'heure, je t'ai défendue contre ces vieux hiboux, mais, sincèrement, j'aimerais que tu choisisses de ne pas venir.

Atalante, qui s'empiffrait joyeusement, eut un sourire gai, un peu moqueur.

— Crois-tu, prince Méléagre, que j'ai fait tout ce chemin pour rester au palais à filer la laine pendant que vous serez tous à cette belle chasse ?

— Je ne doute pas un instant de ta bravoure ni de ton adresse, mais ce sera terrible, demain. Il y aura peut-être des morts. Je serais désolé qu'il t'arrive quelque chose.

— Toutes les compagnes d'Artémis auraient aimé venir à ta chasse, et c'est moi, la plus jeune, qu'elle a désignée. Mes amies me découperaient en rondelles si à mon retour je leur racontais qu'au dernier moment j'ai eu peur de ton espèce de gros cochon et que je suis restée à la maison. Et puis, tiens, écoute, prince Méléagre, je vais te dire un secret...

Les yeux de Méléagre brillèrent d'amusement.

— Un secret ?

— Oui, écoute donc...

Elle se pencha à son oreille et chuchota :

— Je ne sais pas filer la laine.

Elle éclata de rire. Et Méléagre rit aussi de bon cœur.

— Un jour, continua Atalante riant encore, les nymphes ont voulu m'apprendre : « C'est honteux, disaient-elles, qu'une grande dinde de quinze ans ne sache pas encore filer. Si, un jour, tu n'as plus tes cent mères pour le faire à ta place, que se passera-t-il ? Tu te promèneras en loques ? » Elles m'ont mis une quenouille dans les mains mais j'ai fait un tel gâchis de laine, un tel embrouillage, qu'elles n'en ont plus reparlé. Je crois qu'elles aiment mieux tisser mes vêtements elles-mêmes que démêler mes sacs de nœuds.

Méléagre se laissait emporter par le bavardage d'Atalante, il écoutait le son de sa voix, il riait avec elle, il ressentait une étrange impression de chaleur et se sentait incroyablement heureux. « Que m'arrive-t-il ? songeait-il. Mon cœur bat comme si je me trouvais en face d'un ennemi armé... Est-ce que je serais amoureux ? C'est donc cela, être amoureux ? Comme c'est bien, comme c'est agréable... »

Soudain, il ne put s'empêcher de demander :

— As-tu un fiancé ?

Atalante, qui venait de s'enfoncer dans la bouche un morceau de gâteau au miel gros comme la moitié du poing, le regarda avec étonnement, la bouche pleine, les yeux arrondis de surprise.

Méléagre se reprit aussitôt.

— Pardonne-moi, dit-il avec précipitation, ma question était indiscrète. Je ne sais pas comment je me suis permis...

Atalante fit laborieusement descendre le gâteau vers son estomac.

— Il n'y a là aucun secret, dit-elle quand elle eut récupéré l'usage de sa voix. Je n'ai pas de fiancé, je ne connais rien à l'amour et ne veux rien y connaître. Il y a quatre ans, j'ai fait le vœu de rester toute ma vie vierge et chasseresse comme ma mère, la grande Artémis.

— C'est un très beau vœu, apprécia gravement le roi Œnée qui écoutait cette conversation. Et je suis sûr que la divine Artémis l'a apprécié à sa juste valeur.

— La déesse m'a en effet félicitée. Mais certaines nymphes ont dit qu'il était bien dommage de me priver ainsi des joies de l'amour.

— Peut-être n'ont-elles pas tout à fait tort, dit le roi. Mais je crois savoir que les dieux, dans leur grande indulgence, relèvent facilement de ce genre de serment, surtout quand il a été prononcé par une personne vieille de onze années.

— Mais pourquoi, ô roi, aurais-je le désir d'être relevée de mon vœu ?

Le roi écarta les bras :

— Sait-on jamais ? demanda-t-il avec bonhomie, les maris font parfois des compagnons de chasse presque supportables.

Le repas touchait à sa fin. Les chasseurs n'allaient pas tarder à se séparer pour aller prendre du repos. Méléagre leva les yeux et rencontra, posé sur lui, le regard de Toxée. Son expression était à la fois glaciale et railleuse. Méléagre comprit que son oncle l'avait observé pendant tout le festin, et qu'il avait suivi sur son visage, aussi clairement que sur un texte écrit, la naissance – ou plutôt, l'explosion – de son amour pour Atalante.

Il en fut gêné, blessé dans sa pudeur. Il s'en voulut de n'avoir pas mieux surveillé son attitude et d'avoir laissé son secret lui échapper si facilement. Il se sentit aussi mécontent, désolé, volé de quelque chose de précieux.

Plus tard, allongé sur son lit, les yeux ouverts dans le noir, Méléagre ne trouvait pas le sommeil. La conscience du danger qu'allait courir Atalante le tourmentait et il ne parvenait pas à chasser de sa pensée le regard froid et ironique de Toxée. « Ce regard est un mauvais présage », songea-t-il avec inquiétude.

Les rabatteurs et les chiens partirent avant l'aube. Les chasseurs montèrent à cheval aux premières lueurs du jour. Méléagre, excité et joyeux à l'approche du danger, ne pensait plus qu'à la chasse. Il avait complètement oublié ses moroses songeries de la nuit qu'il aurait d'ailleurs qualifiées de mômeries et d'histoires de bonnes femmes s'il avait eu le loisir d'y repenser.

La chasse dura quatre jours. Quatre jours pendant lesquels aucun chasseur ne rentra à Calydon. Ils mangèrent parfois quelques bouchées auprès des chevaux et dormirent de courts moments au pied des arbres.

Par cinq fois, les rabatteurs parvinrent à cerner le sanglier et à l'envoyer vers les chasseurs ; cinq fois, il força le barrage. Artémis avait annoncé que le sanglier était très doué pour la lutte, eh bien, c'était vrai à un point terrifiant. L'animal semblait posséder la science du combat. Quand il se trouvait repoussé vers les chasseurs, il choisissait d'un œil sûr l'endroit le moins défendu de leur ligne et chargeait. Chaque fois, il reçut une grêle de flèches et de javelots, mais lancés de trop loin et qui le blessèrent à peine. À deux reprises, il sut reconnaître qu'un chasseur était posté trop à l'écart du groupe et il porta son attaque sur celui-là. L'un et l'autre furent renversés par un prodigieux coup de boutoir, piétinés et éventrés sans qu'aucune chance leur soit laissée.

Au soir du quatrième jour, les chevaux, les chiens et les chasseurs étaient harassés. Pourtant, à aucun moment Atalante ne s'était plainte de fatigue ni de lassitude. Elle s'était toujours tenue aux postes qui lui étaient assignés et, quand le sanglier avait chargé, elle n'avait pas reculé d'un pas. Les chasseurs étaient en admiration. Toxée et Calixte devaient reconnaître eux-mêmes qu'ils ne s'étaient pas attendus à rencontrer tant de fermeté chez une jeune fille.

Le soleil commençait à baisser, le sanglier s'était encore une fois échappé, deux chasseurs avaient perdu la vie, hommes et bêtes semblaient à bout de forces. Méléagre s'apprêtait à arrêter la chasse.

On ne pourrait pas, pensait-il, affronter une quatrième nuit de bataille. Il fallait que chacun prît du repos. On reprendrait la traque dans un jour ou deux. Le sanglier aussi allait refaire ses forces, c'était regrettable, mais tant pis ! Si l'on continuait ainsi, il y aurait d'autres morts.

Au moment où Méléagre allait donner l'ordre de rentrer, le chef des rabatteurs déboucha de la forêt sur son cheval lancé au galop.

— Prince, nous l'avons acculé dans un ravin ! Le fond du ravin est bouché par des pierres éboulées : il est pris au piège. Pour l'abattre, c'est maintenant ou jamais !

Cette nouvelle raviva l'énergie des chasseurs et, faisant appel aux dernières forces de leurs chevaux, ils se rendirent en toute hâte au ravin.

Le sanglier y était pris comme dans une nasse. Il entendit d'abord les aboiements des chiens, puis il vit les hommes marcher vers lui, déployés en éventail, l'arc et le javelot en main. L'animal se ramassa pour mieux réunir ses forces, il se détendit comme un arc et, avec un mugissement terrible, chargea. Jamais il n'avait été aussi effrayant. Le fracas de ses sabots résonnait comme un tremblement de terre. Le sanglier approcha la ligne des hommes : une volée de javelots partit, il ne ralentit pas. De deux coups de tête il envoya rouler, déchirés et gémissants, les chiens les plus proches. Encore une fois, il se sauvait...

« Non ! pensèrent les chasseurs horrifiés, qu'avons-nous fait pour que cela nous arrive ? Et cette fois, nous ne le rattraperons plus. »

Mais à cet instant, une silhouette blanche s'élança sur une trajectoire qui coupait celle de l'animal. C'était Atalante qui s'élançait.

« Trop tard et inutile !... songèrent les chasseurs. Maintenant, c'est un cheval de course qu'il faudrait pour rejoindre à temps cette bête déchaînée... »

Mais les chasseurs médusés la virent soudain allonger sa foulée d'une manière si fulgurante qu'elle coupa la route du sanglier. Jamais ils n'auraient cru qu'une telle course fût possible. Il y eut deux éclairs : le javelot d'Atalante, puis une flèche. Le javelot s'enfonça droit et profond dans l'œil du sanglier, la flèche pénétra le point faible situé en arrière de l'oreille. Le sanglier fut fauché en plein élan, il se cabra et retomba sur le sol comme une masse. Pour la première fois, il était atteint profondément. Il se releva cependant et, avec un mugissement de douleur et de rage, reprit sa charge, dirigeant maintenant sa fureur vers Atalante qui, en toute hâte, tentait d'engager une seconde flèche. Mais Méléagre avait eu le temps d'arriver et, de toute sa puissance, il planta son épieu entre les yeux de la bête. Les javelots de Toxée et de Calixte sifflèrent et s'enfoncèrent dans le flanc de l'animal, donnant les coups de grâce. Le sanglier s'abattit sur le côté, se tordit une ultime fois et, enfin, s'immobilisa.

Chapitre 7

MÉLÉAGRE

Les chasseurs, tremblants encore de fatigue et d'émotion, se rassemblèrent autour de la dépouille du sanglier.

— Mes amis, dit Méléagre, je vous remercie tous. Grâce à votre courage, la campagne de Calydon va retrouver la paix. Merci à vous qui êtes venus de loin. Je promets que nous n'oublierons jamais les noms de nos deux compagnons qui ont perdu la vie dans cette aventure.

Il se tourna vers Atalante :

— Atalante, c'est grâce à la rapidité de ta course et à la justesse de ton tir que le sanglier a été vaincu. Sans toi, il courrait encore. C'est pourquoi, ô jeune fille, je déclare que l'honneur de la chasse te revient et je t'offre, en guise de trophée, la hure du sanglier. Mon maître veneur la portera où tu voudras.

— Méléagre, intervint Toxée, tu te trompes. L'usage veut que tous ceux qui ont porté les coups mortels partagent le trophée. Nous sommes quatre à pouvoir prétendre à cet honneur.

C'était vrai. C'était la règle, et Méléagre la connaissait. Mais il était amoureux, et il lui était aussi impossible de ne pas honorer au-dessus de tous les autres celle qu'il aimait que de s'arrêter de respirer. Cette réclamation l'emplit de colère, colère d'autant plus dangereuse que la fatigue l'empêchait de la contrôler.

— Mon oncle Toxée, combien de fois faudra-t-il te rappeler que je suis le maître de cette chasse ? Il m'appartient, et à moi seul, d'en désigner le vainqueur !

— Alors, ricana Calixte, heureux le concurrent qui commence par capturer le cœur du juge.

Cette remarque, à la fois vraie et perfide, déchaîna la fureur de Méléagre. Il marcha sur Calixte, l'air si méchant et dangereux que Calixte fut pris de peur. Celui-ci recula et, dans un geste de défense, porta son javelot contre son adversaire. L'arme atteignit Méléagre au côté, une large tache de sang apparut sur sa tunique. Méléagre poussa une sorte de rugissement et se dressa comme un ours en furie. Il balaya l'air du manche de son épieu et frappa Calixte avec une telle violence qu'il fut jeté à terre à plusieurs pas de là. Toxée vit son frère rouler sur les pierres, sanglant, brisé et inanimé. Avec un gémissement de souffrance et de haine, il tira son couteau de chasse et se rua sur son neveu. Méléagre aussi dégaina et, pendant quelques instants, devant leurs compagnons muets d'effroi, ils s'empoignèrent dans un corps-à-corps furieux. Méléagre était le plus fort et le plus impétueux. Le combat cessa brusquement. Toxée, avec un soupir, fléchit les genoux et tomba. Tout ceci n'avait duré que quelques secondes.

Méléagre, maintenant comme absent, contemplait les corps incontestablement privés de vie de Toxée et de Calixte. Il promena un regard saisi d'épouvante sur les assistants effarés. Un regard qui demandait : « Est-ce bien moi qui ai fait cela ? »

— Malheur ! murmura-t-il enfin. Malheur à moi : j'ai versé le sang de mes parents. Je dois quitter Calydon et les collines que j'aime, et plus jamais je ne verrai le visage de ma mère.

Il recula soudain de deux pas, afin de s'éloigner de tous. Quelques-uns eurent un mouvement pour le retenir, mais le roi Œnée les arrêta d'un geste de la main.

— Laissez-le, commanda-t-il, il a raison. C'est notre loi.

Des larmes roulaient sur son visage et sur sa barbe blanche.

Méléagre se tourna vers Atalante :

— Atalante, j'avais raison : toi seule as mérité le prix de cette chasse. Cependant ils avaient vu juste pour autre chose : je t'aimais, c'était la vérité. Mais, comme fils de roi, déjà, je me trouvais indigne de toi, alors, maintenant que je ne suis plus qu'un banni et un vagabond... En tout cas, sache que tu n'es pour rien dans cette affaire. C'est leur jalousie et ma violence qui ont fait tout ce mal.

Méléagre remit son couteau à sa ceinture et, sans ajouter une parole, s'enfonça dans la forêt dans la direction opposée à celle de Calydon.

Dans la consternation générale, les chasseurs ne virent pas qu'Atalante les quittait et prenait dans la forêt le même chemin que Méléagre.

La nuit était presque tombée. Atalante marchait à pas furtifs, se laissant guider par le bruit de la marche de Méléagre. Soudain, elle n'entendit plus rien. Il s'était arrêté. Elle s'approcha doucement. Méléagre était assis, adossé à un arbre. Malgré la pénombre, il lui parut très pâle. Sa respiration était précipitée, laborieuse. Voyant Atalante venir à lui, il eut un sourire empreint de gratitude, d'amour et de pitié.

— Les dieux sont bons, dit-il.

— Que t'arrive-t-il, mon prince ? demanda-t-elle en s'agenouillant à son côté.

— Le javelot de Calixte... Il a pénétré plus profondément que je ne l'ai d'abord cru. Sans doute a-t-il blessé une artère ou un organe. Je crois que le sang coule quelque part dans mon corps.

Atalante se leva d'un geste vif.

— Je vais chercher du secours.

— Non, dit Méléagre. Reste. À ton retour, je ne serais plus là.

Atalante glissa une main sous la tunique de Méléagre et la posa sur sa poitrine. Elle fut saisie d'épouvante : le cœur de Méléagre battait comme celui d'un oiseau qu'on a abattu d'une flèche et qui vit ses derniers instants. Il battait avec précipitation, mais les pulsations étaient si faibles qu'elles étaient à peine perceptibles. On eût dit que ce cœur s'affolait, s'acharnait, travaillait au-delà de ses forces pour retenir la vie qui s'échappait. Atalante comprit que Méléagre avait raison et qu'il était trop tard pour rien faire. Elle s'assit près de lui et lui prit la main.

Méléagre s'en allait, emporté par l'hémorragie aussi sûrement qu'un morceau de bois est emporté par le courant d'une rivière. Il fut parcouru par un frisson, puis par un autre plus intense. Il prit une lente inspiration, comme s'il s'appliquait, sourit à Atalante, puis il poussa un soupir et ne bougea plus.

Atalante demeura longtemps à son côté, les larmes inondant son visage. Enfin, elle se releva, réunit des branches et alluma un grand feu afin que les bêtes sauvages laissent en paix le corps de Méléagre. Puis elle reprit le chemin de Calydon pour prévenir le roi Œnée.

Chapitre 8

Les centaures

Atalante rentra en Arcadie aussi vite qu'elle le put. Le soir de son retour, assise à côté d'Artémis dans le cercle des nymphes, des larmes dans les yeux et la voix brisée, elle raconta son voyage. L'accueil si chaleureux de Méléagre et du roi Œnée, le sanglier terrifiant et magnifique qui devinait les intentions des hommes, l'explosion de violence dans laquelle Toxée et Calixte avaient perdu la vie et la mort de Méléagre.

Les nymphes que rien n'émouvait tant que les histoires d'amour furent bouleversées. Elles serrèrent Atalante contre leur poitrine, l'appelèrent leur « pauvre petite fille » et cherchèrent toutes les consolations possibles. Artémis, qui avait écouté en silence, demeura un moment songeuse puis, enfin, prit la parole :

— Une chose est certaine, Méléagre avait raison : tu n'as aucune part dans cette tragédie. Les hommes agissent le plus souvent en obéissant à leurs passions, qui sont violentes et primitives et il en est deux singulièrement puissantes : l'amour et l'orgueil. À Calydon, tu t'es trouvée prise entre l'amour de Méléagre et l'orgueil blessé de Toxée et de Calixte. C'était une situation terriblement difficile et j'estime que tu t'es comportée avec cœur. J'éprouve aujourd'hui de la fierté à être ta mère.

La sollicitude des nymphes et les paroles de la déesse furent un profond réconfort pour Atalante. Il lui sembla qu'à l'instant où Artémis parlait, sa douleur devenait moins lancinante. L'image de Méléagre qui mourait en lui souriant n'avait pas quitté son esprit depuis son départ de Calydon. Elle se fit soudain plus lointaine, moins pénible. Et même, étrangement, presque amicale...

Les jours passèrent. Atalante reprit la vie paisible d'avant le sanglier et, petit à petit, la chasse quotidienne, les défis sportifs et les calmes conversations du soir lui rendirent son calme. On l'entendit à nouveau bavarder et rire et dans la forêt. Le souvenir de Méléagre, son premier ami chez les hommes, devenait comme une blessure qui se serait fermée, mais dont la cicatrice demeurait d'une sensibilité extrême.

Quelques semaines après son retour, à l'heure où le soleil commençait à baisser et la chaleur à diminuer sur les collines, Atalante, étendue sur un lit d'herbes sèches sous l'ombre d'un bouquet de chênes verts, s'éveilla. Elle bâilla et s'étira pour mieux goûter l'agréable sensation de paresse qu'elle ressentait dans tout le corps. Enfin elle se secoua et s'assit, l'esprit encore engourdi par la sieste.

Elle s'était levée avant le jour pour accompagner Artémis à la chasse dans une contrée abrupte et rocailleuse. Au milieu de la matinée, elles avaient débusqué un grand bouc de montagne. Il les avait entraînées dans une longue marche le long des crêtes de rochers et à travers les éboulis de pierres. Vers midi, elles crurent avoir gagné, le bouc se trouvait dos à une falaise. Mais, soudain, il s'était glissé dans un lit de torrent et avait disparu, plantant là les chasseresses dépitées. De retour au camp, Atalante, qui se sentait les jambes et le dos aussi raides que du bois, s'était glissée dans sa cabane sous les chênes verts et profondément endormie. Le jour finissant venait de la réveiller.

Elle ramassa son arc et son carquois et, d'un pas presque machinal, marcha jusqu'au torrent voisin. Elle retira sa tunique qu'elle laissa tomber sans façon sur le sol. Elle posa l'arc et le carquois sur un rocher et, entièrement dévêtue, s'assit sur une grosse pierre, les jambes plongeant dans l'eau. C'était délicieux !... La pierre était chaude de soleil et l'eau presque glacée. Lentement, elle se laissa glisser dans le courant et s'allongea sur le fond de cailloux. Elle massa ses jambes, puis ses bras. Puis elle renversa la tête en arrière afin de rincer ses longs cheveux. Il lui semblait que toute la fatigue et les courbatures de cette journée s'en allaient au fil de l'eau...

Splafff !

Elle reçut une gerbe d'eau en plein visage, accompagnée d'un rire moqueur et d'un sifflement insultant. Quelqu'un avait jeté une pierre dans l'eau ! D'un saut elle fut sur ses pieds et, les jambes fléchies, de l'eau jusqu'aux épaules, elle chercha sur la rive qui l'avait défiée ainsi.

À l'endroit où elle s'était dévêtue un moment plus tôt se tenaient deux jeunes centaures qui la contemplaient avec insolence.

Élos et Kita !

Ah ! elle les connaissait bien. Elle ne connaissait qu'eux.

Ils avaient tous trois le même âge.

Les centaures ont un corps de cheval surmonté d'un torse et d'une tête d'homme. Ils sont extrêmement rapides à la course et redoutables dans les combats. La famille de ces deux-là habitait les plateaux de l'Arcadie, non loin de chez la déesse Artémis.

Élos et Atalante étaient en rivalité depuis l'âge de leurs premières courses. Élos avait toujours prétendu courir plus vite que qui que ce soit. Atalante, orgueilleuse d'être élevée par les nymphes d'Artémis, trouvait cette vantardise insupportable. Au cours de leur enfance, ils s'étaient affrontés de multiples fois, sur toutes sortes de terrains, sans résultat tangible d'ailleurs car ils étaient en vérité d'une rapidité à peu près égale. Kita était l'ami de toujours d'Élos, le suivant comme son ombre et approuvant toutes ses idées.

Depuis une ou deux années, les trois jeunes gens grandissant, l'attitude d'Élos et de Kita envers Atalante avait changé. Ils ne se souciaient plus guère de course à pied, en revanche ils ne manquaient jamais l'occasion de ricaner, d'envoyer des sifflements offensants et de sots compliments chaque fois qu'ils croisaient la jeune fille. Mais jamais encore ils n'avaient eu l'impudence de venir l'espionner pendant qu'elle prenait son bain !...

Élos avait ramassé la tunique d'Atalante et, l'œil narquois, la faisait tourner autour de son doigt. Les yeux d'Atalante se plissèrent de colère.

— Laisse ce vêtement, Élos, et va-t'en !

— Viens le chercher !... Si tu sors, je te le rends, c'est promis.

— Élos, sale rat, pose cette tunique et décampe, ou tu le paieras !

— Vraiment tu n'es pas aimable... Nous avons marché trois heures pour te rendre cette visite et voilà comme tu nous accueilles !...

Sslaff ! Une pierre siffla à l'oreille d'Élos, qui l'esquiva.

— Alors ?... Tu sors de l'eau ? C'est le prix si tu veux récupérer tes jupons.

— Tu peux crever ! Élos, cloporte immonde, pour la dernière fois, va-t'en d'ici !

Atalante, ulcérée de s'être laissé ainsi piéger, fouillait dans sa mémoire à la recherche des pires injures et enrageait de ne rien trouver d'assez insultant.

— C'est cela, prends tes grands airs... rétorqua Élos. Kita, tu ne trouves pas qu'elle a l'air bête, la fière fille de la déesse, accroupie comme ça, coincée dans son trou d'eau ?

— C'est vrai ça, confirma Kita, elle a l'air bête.

C'en était trop !

Atalante, trop furieuse maintenant pour se soucier d'être vêtue ou non, jaillit hors de la rivière. Les deux centaures firent un bond de côté pour mettre la tunique hors de sa portée mais ce n'était pas sa tunique qu'Atalante cherchait à atteindre. Elle saisit son arc d'un geste et, dans le temps d'un battement de cils, elle engagea une flèche qu'elle pointa sur le front d'Élos.

— Maintenant, cheval galeux, mulet pelé, tu vas poser ce vêtement par terre et retourner dans ta tanière ! Et tu ne reviens plus jamais par ici ! Parce que, tu vois cette flèche ? Désormais, il y a ton nom écrit dessus. Si un jour tu as le malheur de te trouver encore sur mon chemin, elle te transpercera la gorge.

La colère est contagieuse. Les deux centaures, exaspérés de s'être laissé surprendre, ressentaient maintenant une rage égale à celle d'Atalante. Les jarrets tendus, le poil hérissé, ils étaient prêts à bondir. Face à eux, Atalante, les deux jambes solidement en appui, tenait son arc tendu, la flèche précisément dirigée entre les yeux d'Élos. Un mot de plus et la flèche partait. Alors les centaures – en tout cas, celui qui serait encore en état – déchaîneraient leur violence et une mauvaise plaisanterie se terminerait en massacre.

Une voix forte qui venait de sous les arbres commanda :

— Élos ! Kita ! Cessez immédiatement, je vous l'ordonne ! Et toi, Atalante, détourne ton arc.

Il y avait une autorité si souveraine dans cette voix que, pas un instant, les trois jeunes gens n'eurent l'idée de désobéir. Les deux centaures relâchèrent la tension de leurs muscles, d'abord imperceptiblement, puis plus franchement. À leur suite, Atalante tourna son arc vers le sol et, avec lenteur, laissa la corde se détendre. Alors, seulement, ils osèrent se quitter du regard et regarder vers les chênes verts. À la lisière du bois, hautain et sévère, le centaure Chiron les toisait du regard.

— Élos, Kita ! Retournez chez vous. Nous reparlerons de cela. Je ne suis pas fier de vous.

Les deux jeunes centaures, le regard méchant mais soumis, se détournèrent et s'éloignèrent. On entendit le bruit de leurs pas diminuer, puis disparaître.

— Atalante, dit encore Chiron dont la voix prit une nuance de moquerie, il serait convenable que tu remettes tes vêtements.

Atalante, les mains encore tremblantes, enfila sa tunique, accrocha sa ceinture et laça ses sandales. Puis elle se laissa tomber, assise sur une pierre. Chiron s'approcha. Atalante leva les yeux.

— Merci, Chiron, dit-elle.

Chapitre 9

JASON

— Eh bien, ma douce enfant, dit Chiron en s'installant près d'Atalante, tu n'es pas commode.

Atalante eut un geste des bras et du corps pour expliquer qu'elle n'y était pour rien, les deux vauriens étaient venus l'insulter alors qu'elle se lavait dans le torrent...

— Je sais, dit Chiron, ils sont forts comme des chevaux sauvages mais ils ont très peu de cervelle.

Le centaure Chiron était un être de grand savoir. Médecin, chirurgien, philosophe et esprit curieux de toutes les sciences, il était par-dessus tout renommé pour ses talents d'éducateur. Les rois sollicitaient son enseignement pour leurs fils, et les dieux lui confiaient leurs enfants nés d'une union avec un ou une mortelle. Il avait eu parmi ses élèves Ulysse, Achille, Héraklès et Asclepios[1].

Atalante connaissait bien Chiron, demi-frère de la déesse Artémis. Il rendait parfois visite à sa sœur et avait toujours marqué de l'amitié à la jeune fille dont la croissance harmonieuse lui plaisait.

— Comment te trouvais-tu ici, ô Chiron ? demanda Atalante.

— Je passais... À la vérité, je te cherchais. C'est ma chère sœur Artémis qui m'a demandé de venir te voir. C'est une chance que je sois arrivé au bon moment.

— Juste à temps pour m'empêcher d'ouvrir en deux la tête d'Élos et éviter que Kita me transforme en chair à pâté... Pourquoi ma mère t'envoyait-elle vers moi ?

— Elle s'inquiète. Elle s'en veut de t'avoir envoyée à Calydon. Elle devine que tu t'efforces d'être gaie comme autrefois, mais elle entend que ton rire n'est plus le même.

— Ah ! fit Atalante, il est bien difficile de tromper ma mère... Connais-tu un remède contre le chagrin, Chiron ?

1. Fils d'Apollon et d'Arsinoé, il fut confié au centaure Chiron qui lui enseigna l'art de la guérison. Il est encore aujourd'hui le dieu des médecins, sous le nom latin plus connu d'Esculape.

— C'est justement ce que ma sœur m'a demandé pour toi. Je ne garantis pas le succès de ma cure, mais nous pouvons toujours essayer. Nous parviendrons peut-être au moins à l'atténuer.

— Quelle médication devrai-je prendre ?

— Pour les jeunes gens, je recommande les nouveaux paysages, les nouvelles études et les nouveaux visages.

Un bruit de pas se fit entendre sous les arbres. Un garçon sortit de la forêt par là même où était arrivé Chiron.

— Mon fils Jason, indiqua le centaure, c'est lui qui a aperçu tes deux admirateurs alors qu'ils te cherchaient le long de la rive. Eh bien, Jason, ces têtes faibles sont-elles rentrées à la maison ?

— En tout cas, ils en ont pris la direction, répondit le jeune homme.

— Viens donc, Atalante a envie de faire ta connaissance.

Atalante sourit. Elle n'avait rien dit mais toute sa curiosité était en effet en éveil depuis que ce garçon que Chiron appelait son fils avait fait son apparition.

Jason avait un beau visage, les cheveux châtain foncé et les yeux sombres, presque noirs. Du même âge qu'Atalante, il était plus grand qu'elle. Il semblait peu disposé aux longs bavardages mais n'avait pas l'air timide pour autant. Il regardait la jeune fille dans les yeux, avec intérêt mais sans effronterie. Atalante ressentit immédiatement de la sympathie pour ce garçon. C'était quelqu'un qui pouvait devenir un ami.

— Je sais que c'est grâce à toi que Chiron s'est trouvé ici à temps pour me retenir de fendre en deux la tête d'Élos et empêcher Kita de me mettre en morceaux. Merci, Jason.

Le garçon eut un demi-sourire et un léger mouvement des épaules qui signifiait qu'il n'y avait vraiment pas de quoi.

— Tu parles peu, ami, remarqua Atalante.

— C'est vrai, dit le centaure Chiron, Jason est avare de paroles et c'est une qualité que j'apprécie énormément chez mes élèves.

— Vraiment ? demanda Atalante.

— Mais oui, je peux parler tout mon saoul, faire des discours interminables et des digressions à l'infini, il ne m'interrompt jamais. C'est exquis pour un professeur !

— Pardonnez mon indiscrétion, mais Jason est-il vraiment ton fils, ô Chiron ?

— Jason est mon fils comme ma sœur Artémis est ta mère. Disons que nous remplaçons temporairement vos parents terrestres. Jason m'a été confié par sa mère, l'ancienne reine de Iolchos, quelques jours après sa naissance.

« L'ancienne reine de Iolchos »... Atalante comprit qu'une histoire pénible était liée à la naissance de Jason. Les parents de Jason avaient sans doute eu de grands malheurs. Elle se garda d'insister mais se promit d'interroger la déesse Artémis, toujours très au courant des aventures des humains.

— Jason est plus avancé que moi, dit Atalante pour changer de sujet. Je ne sais rien de mon origine sinon que la déesse Artémis me trouva sur les pentes du mont Parthénion. Je sais aussi qu'elle demanda à une louve de m'allaiter et que, jusqu'à ce qu'elle revienne me chercher, je crus absolument être une louve moi-même.

— Sur ce point, je ne suis pas sûr que tu aies beaucoup changé, dit Chiron en riant.

Il s'interrompit pour cueillir entre les pierres de petites plantes à longues fleurs roses. Il prenait soin d'extraire la racine dans son entier sans la casser. Il emballa sa récolte dans un morceau de linge et la mit dans le sac de cuir qu'il portait avec lui.

— Qu'est-ce, mon père ? demanda Jason.

— De la digitale, fils.

— À quoi cela sert-il ? interrogea Atalante.

— Ce soir, je vais distiller ces plantes et en extraire l'essence. L'essence de digitale a plusieurs vertus selon la façon dont on s'en sert. Donnée avec précaution, à dose prudente, elle soulage merveilleusement les essoufflements d'un malade dont le cœur est faible. Une quantité plus forte tuera le même malade. Enfin, avec un flacon de solution un peu concentrée vous pouvez empoisonner une ou deux familles de vos ennemis.

— Y a-t-il beaucoup de substances, ô Chiron, qui peuvent être ainsi bénéfiques ou toxiques ?

— Presque toutes, ma fille, presque toutes.

Chapitre 10

Pélias

À la nuit tombante, comme la déesse et les nymphes se réunissaient autour du feu, Atalante, qui piaffait de curiosité depuis l'après-midi, demanda :

— Ô Artémis, connais-tu Jason ? Sais-tu ce qui est arrivé à sa famille au moment de sa naissance ?

La déesse considéra un instant sa fille :

— Voilà que tu connais Jason, maintenant... Aurais-tu rencontré mon frère, Chiron ?

— Nous nous sommes vus tout à l'heure près de la rivière.

— Rien que cela... Figurez-vous, mes enfants, que ce garçon qui rend visite à notre Atalante, comme ça, au bord de la rivière, est un fils de roi et, tout simplement, le plus beau jeune homme de toute la Grèce.

Les nymphes frémirent d'intérêt.

— Atalante disait, ô déesse, qu'il existe une étrange histoire à propos de ce garçon ? interrogea l'une d'elles.

— Une terrible histoire. Terrible à la fois par sa cruauté et sa banalité. Éson, le père de Jason, était roi de la ville de Iolchos en Thessalie. C'était un homme bon, tranquille, généreux. Iolchos était en paix et la reine Alcimède attendait un bébé. Pélias, le jeune frère d'Éson, vivait auprès d'eux, au palais, dans le luxe, mais il était jaloux de son frère aîné...

La déesse s'interrompit :

— Je vous avais prévenues que le début de cette histoire manquait d'originalité.

Elle reprit :

— Quand Pélias sut que son frère et sa belle-sœur allaient avoir un enfant, son envie se changea en fureur. Eh bien, quoi ! Déjà, il n'était que le second à Iolchos. À cause de ce sale marmot, il ne serait plus que le troisième ? Ses chances d'accéder au trône devenaient infimes. C'était insupportable ! Pélias réunit autour de lui tout ce que Iolchos comptait d'ambitieux et de mécontents, et leur proposa de l'aider à éliminer Éson et Alcimède. En contrepartie, à eux les richesses et les honneurs quand lui, Pélias, serait roi.

— Pélias trouva suffisamment de traîtres pour l'accompagner ? demanda une nymphe.

— Oui. C'est fou le nombre de gens qui ne se trouvent pas assez riches ni assez honorés.

Artémis continua :

— Pélias et les conjurés attendirent que la garde d'Éson soit absente de la ville. Les soldats se trouvaient en exercice à trois jours de marche de Iolchos. Éson avait souhaité passer une soirée supplémentaire auprès de son épouse enceinte, mais il devait monter à cheval le lendemain à l'aube pour les rejoindre. Le roi et la reine se trouvaient donc ce soir-là presque sans défense dans leur palais. Mais qu'avait-on à craindre ? Iolchos était en paix avec tout le monde... Les membres du complot avaient décidé d'investir le palais avant le lever du jour, d'assassiner le roi et la reine, et d'envoyer aux soldats, dont certains étaient des leurs, l'ordre de se soumettre au nouveau roi. La rapidité de l'exécution du plan serait leur meilleure chance.

— Les choses se passèrent-elles ainsi ?

— Non pas. Un serviteur d'Éson avait l'heureuse habitude d'écouter aux portes et éventa le complot. Le roi et la reine s'enfuirent du palais et se réfugièrent chez un de leurs amis dans une villa éloignée de la cité. Au petit jour, les assassins ne trouvèrent que des appartements vides.

— Que se passa-t-il alors ? demanda une nymphe.

— Ce fut le début d'une guerre civile. Les fidèles d'Éson se regroupèrent autour de leur roi. Les affidés de Pélias serrèrent les rangs pour conserver leur trône mal acquis. Il y eut des affrontements et des morts.

— Mais, déesse, et ce bébé que la reine attendait ?...

— J'y arrive. Quelques jours après la fuite du palais, Alcimède mit au monde un petit garçon. Elle savait que Pélias considérait ce nouveau-né comme son ennemi personnel et qu'il ne reculerait devant rien pour le tuer. Aussi, annonça-t-elle à tous que l'enfant était mort à la naissance. Elle ne confia le secret qu'au roi son époux. Dès qu'elle fut assez remise, elle embarqua pour l'Arcadie et vint confier son fils au centaure Chiron.

— Cet enfant, c'était Jason ?

— C'était Jason, que Chiron accueillit et éleva comme son fils.

— Ô Artémis, demanda Atalante, que devinrent les parents de Jason ?

— La guerre entre les partisans de Pélias et ceux d'Éson dura un an. On s'affrontait, on se retirait, personne ne prenait d'avantage décisif. Un jour, un capitaine du camp de Pélias vint trouver Éson.

« — Ô roi Éson, dit-il, demain la garde de Pélias tout entière franchira le gué de Cédros. Embusqué sur les hauteurs, tu pourrais réduire son armée à merci. Si tu promets de faire de moi ton général en chef quand tu auras recouvré ton trône, je puis te montrer l'endroit. »

Ce discours fit horreur à Éson qui était un esprit noble et abhorrait toute trahison. Indigné, il ordonna qu'on coupe la tête de ce traître et il interdit d'utiliser ce renseignement dû à la félonie. Malheureusement certains compagnons d'Éson commencèrent à douter de leur chef : quel espoir avait-on de gagner un jour cette guerre avec un roi qui, par grandeur d'âme, repoussait une occasion de détruire d'un coup l'armée ennemie ?

Quelques semaines plus tard, ce furent plusieurs des proches d'Éson qui rejoignirent le camp de Pélias :

« — Ô roi Pélias, demain Éson, dans le plus grand secret, va déplacer ses troupes afin de s'assurer de meilleures positions face à toi. Ses soldats auront à traverser certain col qui est une véritable nasse. Si tu t'engages à nous rétablir dans les dignités et privilèges qui étaient les nôtres du temps d'Éson, nous te livrerons ton frère et ce qui lui reste de fidèles.

— J'accepte, répondit Pélias, vous retrouverez vos charges et vos fortunes.

— Eh bien, roi Pélias, les gardes de ton frère franchiront demain, une heure après l'aube, le col de Donos. »

Le lendemain, Éson chevauchait parmi ses soldats. Pendant toute la traversée du col, il s'était montré anxieux et n'avait cessé de bousculer ses hommes pour leur faire presser le pas. Donos était un défilé bordé de deux murailles de pierre. Enfin, voyant proche la sortie du passage, il se détendit. Mais, presque au même instant, le soleil sortit au haut du mur de rochers et éclaira le fond du défilé. Il vit alors devant lui, leurs armes et leurs casques brillants sous le soleil, les soldats de Pélias déployés en ordre de bataille.

« — Trahison ! s'écria le roi, nous avons été donnés ! Demi-tour ! Sortez du col pendant qu'il est encore temps ! »

Mais d'autres gardes de Pélias avaient fermé le passage derrière eux. Les hauteurs se garnirent d'archers prêts à tirer. Éson et son armée étaient pris dans une trappe. Et soudain, un groupe des compagnons d'Éson quittèrent les rangs et rejoignirent au galop les troupes de Pélias qui les laissèrent passer sans tirer.

« — Ah, misérables ! Ah, traîtres ! s'exclama le roi dont la voix résonna comme le tonnerre. Infâmes en qui j'avais confiance et qui m'avez vendu ! »

— Éson et les siens furent-ils tous tués dans ce col ? interrogea une nymphe.

— Non, dit Artémis. Éson comprit que la guerre était perdue pour lui. Combattre eût été un beau geste mais n'eût abouti qu'à faire massacrer ses derniers amis. Il avança seul à cheval face à l'armée de Pélias, il ôta son casque et le jeta à terre :

« — Pélias, es-tu ici ?

— Je t'écoute, répondit Pélias qui, armé et cuirassé, fit avancer son cheval d'un pas.

— Si je me rends à toi, voudras-tu pardonner à ceux qui ont combattu pour moi et leur permettras-tu de rentrer dans leurs foyers à Iolchos ? »

Pélias avait sa réponse prête. Chacun comprit qu'il avait prévu cette proposition et qu'il avait à l'avance pesé chaque mot de sa réponse dans de fines balances : « Si toi, Éson, devant tous, tu prêtes le serment de quitter demain à jamais la Thessalie, alors, ceux qui ont combattu pour toi, s'ils rendent leurs armes, pourront rentrer librement chez eux. Mais ils devront payer un impôt double pendant dix ans. »

— C'était plutôt généreux de sa part, fit observer une nymphe.

— C'était surtout habile. La cité d'Iolchos était exsangue après une année de guerre. Pélias avait besoin de tout le monde pour faire repartir l'activité et le commerce. À quoi lui eût servi de trucider un quart de la population ? Mieux valait les faire travailler ! Et en plus il se donnait l'air d'un roi magnanime... Quant à Éson, son projet initial avait bien été de l'assassiner. Mais, s'il est assez facile de faire exécuter quelqu'un de nuit par des sbires douteux, il est beaucoup plus délicat de faire décapiter devant le front des troupes un chef qui s'est loyalement rendu et qui est quand même – ne l'oublions pas ! – votre propre frère. De plus Pélias savait qu'Éson avait la sotte manie de respecter ses serments. S'il jurait de ne jamais revenir à Iolchos, jamais il ne reviendrait, c'était une chose assurée. Pourquoi se salir les mains ?

— Éson promit ?

— Éson, devant les deux armées, promit. Le lendemain, Éson et Alcimède montèrent sur un bateau et quittèrent pour toujours la Thessalie.

— Ils ne revinrent jamais ?

— Ils ne revinrent jamais. Éson avait donné sa parole.

Le silence se fit dans la clairière. Il faisait nuit noire. Le feu n'était plus qu'un amas de braises rouges. Une nymphe rompit le silence :

— Grande déesse, Éson et Alcimède ne voulurent-ils pas reprendre leur fils auprès d'eux ?

— Surtout pas ! Pélias avait fini par apprendre l'existence de Jason, peut-être par un devin, probablement par sa police, et le faisait activement rechercher. Éson et Alcimède se savaient observés par une nuée d'espions et ils ne voulurent même jamais prendre le risque d'aller le voir.

— Ainsi, s'indigna la nymphe, ces malheureux, chassés de chez eux, n'eurent même pas la consolation de voir un jour leur enfant alors que l'infâme Pélias se prélassait dans le confort et le pouvoir ?

— Il ne se prélassait pas et le pouvoir n'a jamais été pour lui confortable.

La déesse s'interrompit un instant, puis reprit :

— C'est même le côté moral de cette histoire car Pélias, du jour où il devint roi, vécut dans la peur. Son idée dominante était : « Il m'a été relativement facile de déposséder mon frère de son trône. N'importe quel coquin peut agir de même envers moi. Il suffirait de promettre à mes bons amis et fidèles alliés plus d'or et des vanités plus clinquantes que ce qu'ils ont aujourd'hui. Ces canailles ont trahi Éson, ils me trahiront aussi. Sans compter l'enfant qu'Alcimède a caché quelque part, qui, lui, n'a jamais prêté serment de renoncer à Iolchos et qui, un jour, réclamera un trône qui lui revient de droit. » Pélias devint maniaque à force de méfiance. Il éloigna de lui ses compagnons. Il écartait ses conseillers après quelques mois de service. Il ne mangeait d'aucun plat qui n'eût été goûté deux fois. Il interrogeait assidûment les oracles[1], leur posant à tous la même question : « Mon trône me sera-t-il un jour disputé, et par qui ? » Pendant des années il n'obtint que des réponses obscures

1. Oracle : devin, intermédiaire entre les dieux et les mortels.

que personne ne savait interpréter, mais un jour il alla consulter le célèbre oracle de Delphes. « Tu seras chassé de ta ville par ton plus proche parent. Il viendra de la montagne avec un pied chaussé et l'autre nu » annonça l'oracle. « Cela, au moins, c'est plus clair », songea Pélias. Éson et Alcimède étaient morts l'hiver précédent, tous deux emportés par une épidémie de fièvre venue d'Asie qui avait balayé l'île de Chios où ils avaient trouvé refuge. Son plus proche parent, c'était donc son neveu, cet enfant qui grandissait quelque part, il ne savait où. Pourtant, maintenant, il avait une indication. Un peu floue, certes, comme tous les augures, mais on allait l'attendre, ce jeune homme ne portant qu'une seule sandale !

La déesse se tut. Le silence de la nuit prit possession de la forêt. Le feu était maintenant presque éteint.

Chapitre 11

Apprendre la mer

Atalante et Jason devinrent amis. On les vit de plus en plus souvent l'un avec l'autre. Ils passaient ensemble des journées entières, causant comme de vieux camarades, heureux de s'être rencontrés : deux enfants d'hommes égarés parmi les intemporels. Atalante bavardait comme une pie. Jason, si peu parleur, avec elle se racontait un peu et riait souvent.

Ensemble ils s'entraînaient à l'arc et au javelot. Atalante voyait dans ces exercices un plaisir, un jeu. Mais s'il y avait une idée qui était éloignée des pensées de Jason, c'était bien celle de se divertir. Il ne pensait qu'à progresser. Quand il avait atteint douze ans, Chiron lui avait raconté l'histoire de sa famille. Depuis, Jason savait qu'il devrait un jour affronter Pélias. Il ne savait pas quand ni comment, mais son esprit était constamment occupé par la volonté d'être le meilleur possible aux armes et dans son jugement, le jour où il rencontrerait son oncle.

Quand Atalante réussissait un tir particulièrement joli, elle applaudissait elle-même son exploit par des bravos et des sauts de cabri. Jason, pour une flèche exceptionnelle, s'autorisait un quart de sourire.

— Réjouis-toi donc un peu ! le rabroua un jour Atalante, impatientée par ce sérieux. Tu ne peux pas l'oublier cinq minutes, ton affreux oncle ?

Jason réfléchit quelques instants.

— Cela m'est difficile, finit-il par dire.

Jason et Atalante étaient assis près du torrent. Adossés à un rocher qui les abritait du soleil et les jambes dans l'eau, ils laissaient passer la chaleur du milieu du jour.

— Eh bien, ne nous fatiguons pas trop !

Ils levèrent les yeux. Le centaure Chiron se trouvait sur la berge face à eux, sur une petite plage de galets.

— En route, mes beaux enfants ! Nous partons.

— Moi aussi ? demanda Atalante.

— Oui, toi aussi.

— Mais...

— Mais, rien du tout ! Ta mère est d'accord.

Atalante sauta sur ses pieds. Partir avec Jason et Chiron sans savoir où, ni combien de temps durerait l'aventure... C'était enthousiasmant !

Ils marchèrent trois jours en direction du sud-est. Le troisième jour, vers midi, ils atteignirent la mer qu'ils longèrent par le sentier côtier. Le soir, enfin, Chiron fit halte sur un escarpement. Devant eux s'étendait une baie aux eaux tranquilles, abritée des vagues du large. Un bateau de pêcheur aux voiles ferlées[1] était tiré sur le sable. Il y avait une maisonnette blanche au bout de la plage, sans doute la demeure du pêcheur.

— Nous voilà arrivés.

— Où sommes-nous, ô Chiron ? interrogea Atalante.

— Cet endroit s'appelle Vounia.

Chiron se remit en marche et, désignant la maison :

— Je vais vous présenter à l'un de mes bons amis.

L'homme qui ouvrit la porte avait les cheveux blancs et les yeux noirs et perçants. En découvrant qui avait frappé, il eut un bon sourire.

— Chiron ? Quelle joie !

— Salut à toi, Eskandéros.

Chiron et le pêcheur aux cheveux blancs s'étreignirent.

— Quelle surprise tu me fais, dit encore Eskandéros.

1. Roulées et attachées.

Il fit entrer ses visiteurs, remit du bois dans le feu et installa sur la table tout ce qu'on pouvait trouver à manger dans sa maison, vision qui réconforta grandement Atalante et Jason. Chiron et Eskandéros semblaient avoir une foule de choses à se raconter, leur conversation était pleine de personnes dont les noms étaient inconnus des deux jeunes gens et d'événements qui avaient eu lieu avant leurs naissances. Atalante, après avoir réglé leur compte à une boule entière de pain, à la moitié d'un bocal d'anchois, deux fromages de chèvre et une poignée d'olives, s'était assise près de la cheminée. Elle avait renoncé à suivre les propos de Chiron et de leur hôte. À demi rôtie par le feu, elle laissait une agréable somnolence la gagner. Eskandéros se tut et les considéra tous deux, Jason et elle.

— Ce sont de beaux enfants que tu as là, dit-il à Chiron.

— Cela tombe bien qu'ils te plaisent, je suis venu pour te les laisser.

— C'est un aimable présent, mais que puis-je pour eux ?

— Apprends-leur la mer. L'un et l'autre connaissent un peu la science des armes mais ils ignorent tout de l'eau salée et de l'effet du déplacement de l'air sur une voile.

— C'est un grave manque, observa Eskandéros. La curiosité de savoir ce qu'il y a au-delà de l'horizon de la mer est l'un des plus anciens désirs des hommes. Je serai heureux de leur faire connaître mon petit savoir.

— Merci, mon ami. Je reviendrai à la fin de l'été.

Ce fut un été magnifique.

Le soir, Eskandéros observait le ciel et la mer afin de déterminer la meilleure heure pour la pêche. Il semblait savoir lire dans le vent, les nuages et l'aspect des vagues comme dans un texte écrit ; un texte pas toujours clair, mais écrit quand même. On partait parfois avant le point du jour et, souvent, Atalante et Jason poussèrent à la mer la barque – qui répondait au nom de la *Sardine* – dans la nuit encore noire.

Eskandéros leur montra comment on se garde des rochers à fleur d'eau, comment on manie la godille si souple et l'aviron si puissant, comment on hisse les voiles et comment on les affale. Il leur apprit à reconnaître le sens et la force du vent. Et il leur dit à quel point il est essentiel que cette force et cette direction soient à tout instant présents à l'esprit du marin. Ils apprirent à serrer le vent en bordant la voile, et à laisser courir le bateau en la libérant. Ils naviguèrent par petit et par gros temps. Et peu à peu ils surent que, sur un bateau, tous les sens doivent être en éveil. Ils apprirent que toute variation de la couleur de la mer, de la forme de la vague, tout changement de la gîte, du bruit de l'eau contre la coque ou du poids du gouvernail dans la main a une signification et une importance.

Les nuits allongeaient et devenaient plus fraîches, l'été finissait. Jason et Atalante étaient aussi bruns que des habitants du sud de l'Égypte, et les cheveux et les cils d'Atalante, toujours imprégnés de sel, étaient devenus d'un blond si clair qu'il était presque blanc.

Ils étaient maintenant capables de manœuvrer seuls le bateau. Ils savaient voir venir un grain avant qu'il ne soit sur eux. Ils savaient deviner un récif caché sous la surface de l'eau. Et ils pouvaient apprécier la vitesse d'un courant et la hauteur d'un fond.

Un soir, ils rentraient. Eskandéros, à la godille, amenait paisiblement le bateau à son échouage, Jason et Atalante s'affairaient à ferler la voile. L'air était plus froid que les jours précédents. Le ciel était parcouru de nuages de haute altitude déchirés et effilochés. Une bande d'épais nuages pourpres était posée sur l'horizon.

— Le gros temps d'ouest est sur nous, les petits, annonça Eskandéros. On en tient pour au moins deux jours sans sortir.

— Le coup de vent ne sera pas ici avant demain, dit Jason qui serrait la toile à pleins bras. Si nous sortions cette nuit avec la brise de terre ? Nous rentrerions dans la matinée et on sauverait au moins une pêche.

— Bien vu, dit Eskandéros. En effet, on le peut. Il faudra mettre à l'eau vers minuit.

— Alors pourquoi remonter la barque si on doit la redescendre tout à l'heure ? demanda Atalante.

— Pour rentrer et dormir. On ne peut pas laisser le bateau seul à l'ancre quand le temps menace.

— Je resterai volontiers sur la *Sardine* dit Atalante. Cela m'ennuie beaucoup moins que de la hisser sur la plage et de la remettre à l'eau cette nuit.

— Je resterai avec toi, dit Jason.

— Ça, les petits, ce sont des idées de votre âge. Quand vous aurez des os comme les miens, vous saurez qu'il vaut mieux dormir sur un sol non liquide quand on le peut. Toujours est-il que si cela vous amuse...

La nuit était venue. Le bateau évitait[1] paisiblement sur son mouillage. Comme un balancier tranquille, il allait et venait dans la baie. Les nuages n'étaient pas encore arrivés, et Jason et Atalante, étendus sur le plat-bord, au chaud sous une toile de voile, regardaient la carte des étoiles défiler de droite à gauche, puis de gauche à droite.

1. Évitage : mouvement d'un navire à l'ancre sous l'effet d'un vent ou d'un courant.

— Celle-là, laquelle est-ce ? demanda Jason.

— Véga de la Lyre, ô grand astronome ! Tu n'as pas de question encore plus facile ? Dis-moi plutôt si tu crois que Chiron va bientôt revenir.

— Oui. Il a dit « à la fin de l'été ». L'équinoxe est passé depuis plusieurs jours.

Atalante réfléchit un moment :

— En fait, toi et moi, nous sommes presque cousins.

Cette idée fit rire Jason :

— En quelque sorte, oui. Demi-cousins d'adoption par êtres intemporels.

— Tu ne crois pas que nous pourrions demander à Chiron de rester encore un peu ici ?

— Je ne pense pas que son idée en nous amenant à Vounia ait été de nous envoyer en vacances. Il a certainement une raison de vouloir que nous connaissions la mer et les bateaux. Pour une cause ou une autre, il pense que cela nous sera précieux dans le futur.

— Pour toi et pour moi ?

— Je ne sais pas... Est-ce que tu as parfois cette intuition bizarre que des choses importantes vont arriver ?

Mais Jason ne saurait pas ce soir-là si sa demi-cousine-ou-presque était ou non douée de prescience[1].

1. Prescience : connaissance de l'avenir.

Roulée en boule comme un jeune chien, Atalante dormait.

Une dizaine de jours plus tard, au retour de la pêche, Eskandéros, Atalante et Jason virent Chiron qui les attendait sur le rivage. Il était temps pour les deux jeunes gens de rentrer en Arcadie. Il fallut dire adieu au vieux marin, ce ne fut pas sans tristesse. Sur la route du retour, Atalante marcha une journée entière sans parler, perdue dans sa songerie.

— Eh bien, demanda Chiron, tu l'aimes donc bien, notre ami Eskandéros ?

Atalante prit son temps pour répondre :

— Je crois, dit-elle enfin, qu'on aime particulièrement les gens qui vous apprennent quelque chose. Et j'ai de la peine quand je pense qu'il sera maintenant seul pour mettre à l'eau la *Sardine*.

Chapitre 12

La berge du fleuve

Atalante et Jason n'étaient de retour en Arcadie que depuis quelques jours quand Jason partit. Il ne fit aucune sorte d'adieu. Atalante, inquiète, vint interroger Chiron :

— Chiron, où est Jason ?

Le centaure se montra évasif :

— Je ne sais pas exactement où il est aujourd'hui.

— Il est à Iolchos, n'est-ce pas ? Il est allé se battre contre le frère de son père ?

— Je te l'ai dit, je ne sais pas. Mais je te le promets : dès que j'aurai de vraies nouvelles, je te les ferai connaître.

Depuis, Atalante se mettait en quatre pour participer aux tâches quotidiennes des nymphes. Elle marchait et courait du matin au soir, espérant ainsi éloigner de son esprit les pensées anxieuses.

Des villageois étaient venus se plaindre à la déesse que des sangliers malmenaient leurs vignes.

Artémis chargea des nymphes de s'y rendre et de faire partir un peu plus loin cette bande de mal élevés. Et, désireuse de distraire sa filleule de ses idées noires, elle lui ordonna de se joindre à l'expédition. Quand elles revinrent, quelques jours plus tard, la nuit était déjà là, le cercle des nymphes était formé autour du feu. Le cœur d'Atalante battit plus fort : le centaure Chiron était assis auprès de la déesse.

— Pressez-vous, paresseuses ! appela Artémis. Nous vous attendons depuis une heure entière. A-t-on idée de traîner comme ça ? Mon frère Chiron nous apporte des nouvelles de Jason.

Chiron eut un regard d'amitié pour Atalante, et commença :

— Il y a de cela quelques semaines, Jason s'est mis en route pour la Thessalie. Il a jugé – et je le pensais aussi – que le temps était venu pour lui d'aller trouver son oncle Pélias et de lui ordonner de lui restituer le trône de son père.

— Tout simplement, observa la déesse.

— Tout simplement. Bien entendu, il savait que Pélias userait de tous les moyens, force ou ruse, pour se débarrasser de lui, si possible avant même son arrivée à Iolchos.

— Tu ne l'as pas laissé partir seul, ô Chiron ? s'inquiéta Atalante.

— Non, je lui ai donné deux gardes du corps. De bons amis à toi. Élos et Kita.

Une ombre de contrariété passa sur le visage d'Atalante.

— Pourquoi eux ?

— Parce qu'ils sont forts comme des buffles et ne manquent pas de résolution. Et puis, tu sais, pour peu qu'on leur explique ce qu'ils ont à faire, ce sont des garçons très bien... Pour aller à Iolchos, il faut traverser le fleuve Ita. Donc voilà Jason et les deux gaillards qui arrivent au gué de l'Ita. Il avait plu les jours précédents, les eaux du fleuve étaient hautes et agitées. Une petite vieille, un sac de voyage à ses pieds, était assise au bord du fleuve.

« — Eh bien, grand-mère, lui demande Jason, tu n'oses pas traverser ?

— Eh, dit la vieille, d'ordinaire on passe avec l'eau jusqu'aux genoux. Aujourd'hui, elle monte plus haut que la ceinture. Je vais me faire emporter.

— Donne-moi ton sac et monte sur le dos de mon ami, dit Jason en montrant Kita. Nous allons t'amener de l'autre côté.

— Merci, mes enfants. Vous êtes aussi gentils que vous êtes beaux. »

Elle s'assied en amazone sur le dos de Kita, lui entoure le torse avec ses bras et tous quatre se lancent à travers le courant.

« — Enlevée par un centaure... dit la vieille dame. Le rêve de toute ma vie qui se réalise !

— Aujourd'hui, je suis en mission, grand-mère, répond Kita. Mais, si tu veux, quand j'aurai fini, nous verrons cela. »

Jason et Élos le maudirent silencieusement. Il ne pouvait pas tenir sa langue, l'imbécile ? On lui avait dit et redit que la police de Pélias avait des indicateurs partout, et il parlait tout haut de mission... D'accord, la petite vieille n'avait pas l'air dangereux mais les mouchards ont rarement leur profession écrite sur le front. Jason, précipitamment, parla d'autre chose :

« — Que fais-tu seule sur la route, grand-mère ? C'est dangereux. Tu pourrais faire de mauvaises rencontres.

— Je fais mon métier, mon beau garçon. Je suis sage-femme. Il y a huit jours je me suis rendue dans un village des collines pour aider une jeunette à mettre son bébé au monde. Tout se passe bien, l'un et l'autre se portent à merveille et je décide de rentrer chez moi. Mais voilà que les eaux de l'Ita me jouent un tour et je me retrouve bien bête sur la berge. Heureusement, trois beaux princes sont arrivés... Et vous, les garçons, qu'allez-vous faire à Iolchos ? Voir vos petites amies ?

— Tout juste, dit Élos, on va voir nos petites amies.

— Les heureuses créatures ! sourit la vieille dame. »

Arrivés à la berge, la vieille saute à terre et Jason lui rend son sac de voyage.

« — Merci, Éson ! » dit-elle.

Ce fut comme si la foudre était tombée à leurs pieds. Tous demeurèrent stupéfaits. Enfin, Jason demanda :

« — Pourquoi m'as-tu appelé ainsi ? »

Il y avait de la peur et une menace à peine voilée dans sa voix. La vieille était interdite, aussi étonnée que les autres par ce qu'elle venait de dire.

« — Je ne sais pas, dit-elle enfin, c'est venu tout seul... Je crois que c'est à cause de ta voix... Ou alors... »

Elle regarda Jason au visage, bien en face :

« — C'est étonnant... C'est admirable !... Quel âge as-tu, mon fils ?

— Tu ne poses pas de questions, grand-mère ! intervint brutalement Élos.

— Il a raison, dit la vieille dame, ne me réponds pas. Dis-moi seulement si je me trompe : tu es né il y a seize années, cinq ou six jours après le solstice d'été.

— Qu'est-ce qui te fait croire ça ? » interrogea encore Jason.

Elle lança soudain un regard inquiet vers la route :

« — Ne restons pas là. Éloignons-nous du chemin. Ici, même les cailloux peuvent avoir des oreilles. »

La vieille sage-femme les guida par un sentier qui remontait le cours du fleuve. Elle s'arrêta près d'une crique. Le courant, à cet endroit, formait des rapides dont le fracas couvrait le bruit d'une conversation ordinaire.

« — Ici, on ne peut pas nous voir depuis la route et encore moins nous entendre. »

Elle se pencha vers Jason et commença à mi-voix un récit rapide :

« — À la date que je t'ai dite, je me trouvais à la villa des champs d'Anthos où je soignais son épouse qui était enceinte et de santé délicate. Anthos est le plus gros armateur du port d'Iolchos et, à l'époque, il était l'un des meilleurs amis du roi Éson. Une nuit, nous fûmes éveillés par l'arrivée précipitée d'un groupe de cavaliers. C'étaient le roi, son épouse et quelques-uns de leurs serviteurs qui avaient fui le palais pour échapper aux poignards des assassins. La reine Alcimède ressentait de fortes douleurs, elle était presque au terme de sa grossesse et elle venait de galoper plusieurs heures sur de mauvais chemins. Elle me fut aussitôt confiée. Je la fis se mettre au lit et l'accouchement se déclencha deux jours plus tard. Ce fut moi qui l'aidai à mettre son fils au monde. Seulement, à peine la délivrance avait-elle eu lieu que la reine, toute faible qu'elle était, nous ordonna, à moi et aux servantes qui m'assistaient, de quitter sa chambre, en annonçant qu'elle prendrait seule soin de son bébé.

— Tu l'as laissée seule ? demanda Jason.

— Je sortis la mort dans l'âme car je craignais la fièvre et les hémorragies qui peuvent survenir après une naissance mais on ne discute pas les ordres d'une reine. Et un moment plus tard, la reine fit annoncer à tout le monde que son enfant était né si fragile qu'il n'avait pas survécu aux premières heures de la vie. J'en fus étonnée car, moi, j'avais tenu un nourrisson aussi gaillard et bien portant qu'on peut l'être.

— As-tu parlé à quelqu'un de tes soupçons, à l'époque ?

— Par tous les dieux, jamais ! J'avais bien compris qu'il s'agissait d'un terrible secret. Le lendemain, on ensevelit l'enfant. On déposa le corps minuscule, emmailloté de linges, dans la grotte funéraire de la famille d'Anthos. Puis la reine partit, une nuit, dans le plus grand mystère. Elle ne revint qu'après plusieurs semaines et consacra désormais toutes ses forces à aider son époux dans la guerre qu'il menait contre Pélias. Personne ne sut où elle s'était rendue.

— Que se passa-t-il ensuite ?

— Ensuite, ce fut la trahison du col de Donos et la ruine d'Éson et d'Alcimède. Pélias, dès qu'il fût devenu roi, se rendit au caveau d'Anthos et fit ouvrir devant lui la tombe du bébé. Elle contenait bien de petits ossements, mais Pélias ne laissait jamais rien au hasard et il les fit examiner par des médecins : c'étaient les os d'un agneau. Il sut alors qu'on l'avait joué et que l'enfant d'Éson était en vie.

— À toi, Pélias et ses sbires ne t'ont rien demandé ?

— Bien sûr que si ! Je fus arrêtée avec les servantes d'Anthos, emmenée au palais et interrogée. Ils m'ont même montré les fers et les braises afin de m'inciter à mieux me souvenir.

— Ils t'ont fait du mal ?

— Non. Les dieux en soient remerciés.

— Que leur as-tu dit ?

— Avant tout, ils voulaient savoir si l'enfant était fille ou garçon. Sur ce point je n'ai pas pu mentir car les servantes d'Anthos m'auraient contredite. Ils étaient aussi très avides de savoir si l'enfant était en bonne santé et apparemment viable. Je répondis, cette fois sans crainte d'être démentie puisque j'étais la seule à l'avoir réellement examiné, que le nouveau-né, le bref temps que je l'avais vu, m'avait semblé chétif, le souffle presque absent, le teint d'une pâleur inquiétante, et que je n'avais pas été surprise par sa mort rapide.

— Ils te crurent ?

— Je ne sais pas. Mais ils furent, en quelque sorte, contents de cette réponse car elle correspondait à la fable qu'ils avaient décidé de répandre à Iolchos : on annoncerait que l'enfant était mort et on garderait secrète l'histoire de l'agneau. On nous relâcha donc en nous recommandant de raconter à tout le monde ce que nous avions vu.

— C'est ce qu'on croit toujours à Iolchos ?

— Non ! Pélias, pour une fois, fut maladroit. Le secret des os de l'agneau était connu de trop de gens pour ne pas s'ébruiter : les conseillers, les médecins... Il parvint aux oreilles d'anciens partisans d'Éson qui s'empressèrent de disperser la nouvelle que l'enfant était vivant. Et quelques années plus tard, elle reprit de la force quand l'oracle de Delphes annonça cette histoire du jeune homme au pied nu. Pélias aurait payé cher pour garder la prophétie secrète mais les devins des grands temples sont toujours entourés d'acolytes et la prédiction, en quelques jours, fut connue de tout Iolchos.

— Tu es en train de me dire qu'en ville, tout le monde s'attend à voir un beau matin le fils d'Éson arriver ?

— Oui, dit la vieille, mais on reste discret. Les hommes de Pélias ne plaisantent guère. »

Après un moment de silence, Jason interrogea pensivement :

« — Pourquoi me racontes-tu tout cela ? Moi aussi, je pourrais être un mouchard de Pélias. C'en serait fait de toi. »

La vieille dame le regarda avec amitié :
« — Tu sais, à mon âge, on peut prendre quelques risques. Et puis tu ressembles tellement à Éson... Je te le disais, c'est ta voix... Tu as ses intonations. J'ai le sentiment de l'entendre à nouveau. »
Jason hésita un instant, puis demanda :
« — Mon père... Quel homme était-ce ? »
Le regard de la vieille s'éclaira :
« — Ton père, c'était un homme charmant. Drôle, généreux, aimable avec chacun. Mais, tu vois, en même temps, il savait rester le roi.
— Tu l'as connu de près ?
— Qu'est-ce que tu crois ? Je n'étais pas n'importe qui ! J'étais sage-femme du palais et s'il n'y avait pas eu tous ces désastres, je serais devenue première sage-femme. Mais c'est vieux, tout ça... Dis-moi plutôt ce que tu veux faire, fils d'Éson, et en quoi puis-je t'aider ?
— Mon projet était d'entrer incognito à Iolchos pour y prendre le vent, mais tout ce que tu viens de m'apprendre va me faire gagner du temps. Je veux rencontrer Pélias et le provoquer publiquement.
— C'est de la folie ! Tu n'auras pas le temps d'apercevoir les remparts que tu seras happé par la garde. Avant qu'un nouveau jour se lève, tu serviras de repas du matin aux crabes de la rade, une pierre accrochée au cou. Je ne suis pas seule à me souvenir du visage d'Éson.

— Alors, selon toi, que devrais-je faire ? »

Elle réfléchit un court instant, puis décida :

« — Anthos ! Sa maison des champs, là où tu es né. Lui, il pourra t'aider. Mais auparavant... »

Elle saisit prestement les sandales que Jason avait nouées l'une à l'autre et passées autour de son cou pour traverser le gué. Elle les défit et, d'un geste rapide, en lança une dans le courant de l'Ita.

« — Maudite sorcière ! s'écria Élos. Tu veux tuer mon ami ? Maintenant il ne pourra plus faire un pas vers Iolchos sans être reconnu.

— Équidé sans cervelle ! répliqua la vieille. Ton ami, au contraire, je le sauve ! Est-ce que tu crois que moi, ou Anthos, ou son bon oncle Pélias qui va être si heureux de le voir, nous avons besoin, pour le reconnaître, qu'il se promène dans cet accoutrement ridicule ? Mais les trois quarts des gens d'Iolchos n'ont jamais vu le roi Éson que de loin, et ils seront bien incapables d'identifier son fils. En revanche, ils croient dur comme fer à l'oracle de Delphes. Si notre ami se présente dans la tenue annoncée par le devin, ils jureront tous que, par tous les dieux, ce garçon est bien le fils du roi Éson ! Et Pélias ne pourra rien contre lui, il sera comme intouchable. Du moins dans un premier temps. »

Le centaure Chiron se tut. Le feu n'était plus que braises et cendres.

— Comment connais-tu les détails de cette conversation ? demanda la déesse.

— Jason, se jugeant en sécurité chez Anthos, m'a envoyé Élos, qui m'a fait ce récit.

Atalante et une nymphe se levèrent et s'enfoncèrent sous l'ombre des arbres pour chercher des branches et des bûches qu'elles remirent sur le feu. Le bois siffla, une petite lumière jaune s'éleva, puis une haute flamme claire qui envoya une gerbe d'étincelles vers le ciel noir.

Chapitre 13

La Toison d'or

Il y eut un moment de silence, chacun contemplant les flammes. Enfin, la déesse prit la parole :

— À quoi ressemble-t-il, Anthos ?

— D'après Jason, à un tronc de chêne ! C'est un homme qui compte à Iolchos. Il a au plus vite réuni chez lui les anciens amis d'Éson. Tous ont été profondément émus de voir, vivant et parvenu à l'âge d'homme, le fils de leur roi. Ils ont convenu que la clandestinité était la situation la plus dangereuse pour Jason. Pélias ne rencontrerait aucune difficulté pour faire éliminer un jeune voyageur étranger. Il fallait au contraire faire connaître dans toute la ville que le fils d'Éson était de retour et que, conformément à la prophétie, il était arrivé par la route de la montagne et ne portait qu'une seule sandale.

— Ce qui fut fait ?

— Le jour-même. Et très vite, Pélias fut contraint de recevoir le jeune homme qui se disait le fils de son frère.

— Pourquoi, interrogea Atalante, Pélias a-t-il consenti à rencontrer Jason ?

— Parce que tout Iolchos le demandait et refuser aurait pu rallumer la guerre civile. On peut dire ce qu'on veut contre Pélias, mais c'est un homme qui aime l'ordre et sa ville. Et puis, le vieux renard avait eu un certain nombre d'années pour réfléchir à cette rencontre et, selon son habitude, il avait une réponse prête.

— Chiron, ne nous fais pas languir, dit la déesse. Qu'est-ce que Pélias a inventé ?

— Doucement, ma chère sœur, que tu es impatiente !... Donc, notre Jason traverse hardiment l'immense salle d'audience du palais. Apparemment, Pélias avait voulu donner à cette rencontre un caractère solennel et tous les notables de Iolchos étaient là. À la surprise générale, Pélias se lève, marche à la rencontre de Jason, lui prend les mains, et le serre contre lui : « Par Apollon, dit-il, les larmes aux yeux, comme tu *lui* ressembles !... »

— Le comédien ! dit la déesse.

— Allez savoir, dit Chiron, c'est peut-être un mouvement du cœur qu'il a eu là, l'animal. Peut-être, sans le savoir, aimait-il son frère... Ensuite, Pélias invite Jason à s'asseoir auprès de lui, honneur qui annonce à tous qu'il le considère comme son égal.

« — Allons au fait, dit-il. Tu es Jason, le fils de mon frère bien-aimé, et tu veux le trône de ton père dont j'ai assuré la garde pendant tes années d'enfance. »

Devant ce culot, Jason ne put retenir un air de surprise, mais Pélias continua avec autant d'aplomb :

« — D'abord, que sais-tu ? Presque rien ! Tu sais qu'il y a eu désaccord entre ton père et moi. Mais peut-être as-tu déjà appris que les choses ne sont jamais ni simples, ni blanches, ni noires. Il y a d'autres faits dont on ne t'a jamais averti. Mais nous en parlerons plus tard. Peut-être... Ce qui importe aujourd'hui, c'est que je te reconnaisse pour le fils d'Éson. Je n'aurai pas la puérilité de te demander si tes parents t'ont laissé un signe de reconnaissance. En général, dans ce genre de circonstances, il est de bon ton d'exhiber un bijou ayant appartenu à sa mère. Un médaillon, par exemple serait très indiqué... Je plaisante, Jason ! L'émotion qui naît en moi à la vue de ton visage rend toute preuve inutile. »

Il montra d'un geste large les habitants d'Iolchos :

« — Mais, eux !... Comment vas-tu leur prouver que tu es bien Jason, fils d'Éson, et que tu as le droit de prendre la responsabilité de leurs destinées ? »

Il se garda de laisser à Jason le temps de répondre :

« — Ne cherche pas. Tu n'as aucun gage de légitimité ! Imaginons que j'accède à ta demande : je me retire dans ma villa du bord de mer et tu deviens le roi. Jusque-là tout va bien. Mais, un jour, arrive un garçon aux yeux noirs qui ne porte qu'une seule sandale, et il dit : "C'est moi, le fils d'Éson." Que fais-tu ? Après tout, il dit peut-être vrai... Es-tu toi-même tellement sûr d'être l'enfant d'Éson et d'Alcimède ? Certes, on te l'a dit. Mais, quand ils sont morts, tu étais encore tout petit. Tu n'as aucun souvenir de tes parents... Tu n'en sais rien ! »

Jason ne répondit pas. Les paroles de Pélias étaient terribles, mais vraies.

Pélias sourit :

« — Heureusement, tu as un oncle qui veille à tes intérêts. Quand j'ai dit qu'il n'existait pas pour toi de gage de légitimité, ce n'était pas tout à fait exact. »

Il appela :

« — Anthos ! Peux-tu dire à chacun ce qu'est ceci ? »

On apportait une table chargée de trois gros rouleaux de parchemin.

« — Bien sûr, ô Pélias. Ces rouleaux contiennent les plus anciennes lois de notre cité.

— Bien ! Vous allez voir que nos anciens étaient des gens avisés car ils avaient prévu que la succession par filiation des princes de Iolchos pourrait un jour s'égarer. Notre vénérable ami Ormon va lire un texte qui te concerne, Jason. »

C'était une autre habileté de Pélias. Ormon avait près de cent ans, il avait été le compagnon du grand-père et du père d'Éson et de Pélias. Il était en quelque sorte la mémoire de la ville. Il aurait fait beau voir de le soupçonner de mensonge ou de partialité.

Le petit vieillard, chenu et sautillant, soutenu par le jeune serviteur qui l'accompagnait partout, s'assit à la table. Il se courba sur le texte à presque toucher le parchemin avec le front et lut :

« *Le plus ancien ancêtre connu des rois d'Iolchos est Phryxos.*

Phryxos et sa sœur Hellé étaient les enfants d'Athamas, roi de Thèbes, et de Néphélé. Néphélé mourut et Athamas se remaria, mais leur nouvelle belle-mère prit les enfants en haine. Néphélé, craignant pour leurs vies, revint du royaume des morts sous la forme d'un nuage. Elle les enveloppa de nuées pour les cacher de la vue de leur belle-mère, puis leur fit quitter la ville, montés sur le dos d'un bélier à la Toison d'or qui avait la particularité de voler. Le bélier prit la fuite en direction de l'Asie. Il franchit la mer, qu'on appela ensuite Hellespont en souvenir de la petite Hellé, et se posa en Colchide. Phryxos fut adopté par le roi de Colchide dont il épousa une fille. Pour remercier Zeus d'avoir veillé sur leur évasion, il éleva un temple sur le rivage où l'on déposa la Toison du bélier merveilleux.

On considère que cette Toison d'or est le symbole sacré du pouvoir royal de Iolchos. Si le roi mourait sans héritier, ou si deux princes de rang égal se disputaient le trône, c'est celui qui rapporterait la Toison d'or à Iolchos qui deviendrait le monarque. »

Un silence suivit la lecture d'Ormon. Puis la voix de Jason s'éleva, claire, posée, pas impressionnée pour deux sous :

« — Où est-elle, aujourd'hui, cette Toison d'or ?

— Là où Phryxos l'a mise, répondit Pélias : en Colchide. Elle n'a jamais quitté le sanctuaire.

— Roi Pélias, je proteste ! s'exclama Anthos. Tu envoies ce garçon à la mort ! Il n'y a pas trois de nos meilleurs pilotes à Iolchos qui aient jamais franchi la région des Détroits et soient parvenus jusqu'en Colchide.

— Nos meilleurs pilotes ne prétendent pas devenir rois ! » répondit sèchement Pélias.

Puis, se tournant vers Jason :

« — Jason ! À Iolchos, nous sommes un peuple de la mer. Tu veux devenir notre roi. Connais-tu seulement l'effet du déplacement de l'air sur une voile ? »

Jason prit son temps pour répondre. Il planta son regard dans celui de son oncle :

« — Oui ! Je connais la mer, le vent et les voiles, et j'ai tenu la barre d'un bateau depuis que je sais me tenir sur mes deux jambes. »

C'était un peu exagéré mais Pélias n'avait aucun moyen de vérifier, et Jason sentait que cet embellissement de la vérité serait du meilleur effet sur les gens d'Iolchos. Pélias mentait depuis le début de l'audience, Jason estimait qu'il aurait tort de se gêner. Et, en effet, il y eut un murmure favorable dans l'assistance, ce qui agaça grandement Pélias. Jason sentit qu'il venait de prendre l'avantage et en profita, il se tourna vers les notables d'Iolchos :

« — Mes amis, pour protéger ma vie, mes parents ont effacé toutes les certitudes de mon identité. Je ne pouvais plus devenir roi d'Iolchos, sinon par violence. Mon oncle, dont nous pouvons tous admirer la sagacité – il adressa un salut de la tête à Pélias, aussitôt imité par les membres de l'assistance – mon oncle, donc, a trouvé la solution. Je passerai les Détroits, j'irai chercher la Toison d'or, je la rapporterai, et nul – il regarda Pélias en face – ne pourra plus jamais contester mon droit au trône de Iolchos ! À propos, il me faudra un bateau.

— Tu l'auras », dit Pélias.

La voix d'Anthos s'éleva à nouveau :

« — Pour franchir les Détroits et atteindre les rives de Colchide, le prince aura besoin d'un bateau grand et solide. Je propose que la construction de ce navire soit confiée à l'ingénieur Argos.

— L'ingénieur Argos ! Par Zeus, rien que cela... Argos, en effet, construit les plus beaux bateaux de Thessalie, mais aussi les plus chers. Ce n'est pas à un homme d'affaires comme toi que je l'apprendrai.

— Nous, les armateurs d'Iolchos, en paierons la moitié. »

Pélias regarda fixement l'armateur sans répondre. Jamais il ne prenait de décision sans réfléchir. Le gamin était coriace, mais les courants et les récifs des Détroits allaient se charger de le calmer. Si on le laissait partir sur une coque de noix, le risque était qu'il fasse naufrage trop tôt. Il reviendrait à Iolchos et tout serait à recommencer... Avec un bon bateau, il irait couler au diable et l'on n'entendrait plus parler de lui. Ce n'était pas trop cher d'acheter un bateau à Argos pour être débarrassé de cet encombrant neveu. C'était même de l'argent judicieusement dépensé. En plus, Anthos et les vieux amis d'Éson allaient en payer la moitié. Ils partageraient ainsi la responsabilité du désastre de Jason.

Toute l'assemblée regardait Pélias. Celui-ci sourit :

« — L'idée est excellente. »

Une voix s'éleva :

« — Ô Pélias, le roi Ætès de Colchide sera-t-il disposé à se défaire de la Toison d'or ? »

Pélias écarta les bras :

« — Il appartiendra à Jason de se montrer convaincant... »

— Où en sont les préparatifs ? questionna Artémis.

— Le navire est en chantier chez l'ingénieur Argos et Jason a commencé à réunir son équipage. Les candidatures ne manquent pas. À Iolchos, les jeunes gens qui rêvent d'espaces inconnus et d'horizons nouveaux ne manquent pas. Et la nouvelle que le prince Jason se lançait à la conquête de la Toison d'or s'est répandue dans les ports de Grèce et d'Asie Mineure. Des garçons comme les jumeaux Castor et Pollux, fous de gloire et d'aventure, sont déjà en route pour la Thessalie.

La voix d'Atalante s'éleva :

— Ô Chiron, y aura-t-il des filles à bord ?

Chiron sourit :

— Au moins une. Jason te demande de le rejoindre dès que possible.

Chapitre 14

L'*Argo*

La veille du jour où elle devait embarquer pour la Thessalie, Atalante vint passer sa dernière nuit dans la grotte du centaure Chiron. De l'extérieur, elle vit chez lui la lumière d'une lampe ou d'un feu.

— Tu as un visiteur, ô Chiron ?

— Un ami, qui est venu te dire au revoir.

Eskandéros, le pêcheur aux cheveux blancs, les attendait, assis près du foyer. Il eut un bon sourire :

— Cela fait plaisir de te voir, fille ! Alors, Jason et toi, vous voulez tenter de franchir les Détroits et aller jusqu'en mer Noire ? C'est magnifique, les petits ! C'est un défi fait pour enflammer les rêves d'un marin. Certes, j'aurais préféré pour vous un peu plus de temps pour vous préparer. J'aurais aimé vous voir naviguer sur un bateau plus gros que le mien... Mais, tant pis ! Jason tente un coup d'audace, il faut partir. Un bateau est un bateau, et je sais que vous êtes capables de le faire.

— Eskandéros, la région des Détroits est-elle aussi dangereuse qu'on le dit ?

— La région des Détroits a mauvaise réputation parce que certains navires n'en sont jamais revenus, mais surtout parce que peu y sont allés. On raconte dans les tavernes des histoires de monstres marins, de rochers vivants, d'eaux bouillonnantes : les gens de mer adorent les contes fantastiques !... Vous ne rencontrerez dans les Détroits que les dangers habituels d'une navigation au ras des côtes : les hauts fonds, les courants et le vent qui tourne ; et c'est bien suffisant ! Le vrai piège des Détroits, c'est que les dangers sont peu prévisibles, ils vous tombent dessus et l'on n'a pas de temps pour penser... Je suis bien persuadé que le prévoyant Pélias a fait le ménage à Iolchos et que vous ne trouverez pas sur le port un pilote capable de vous indiquer comment passer. Les deux ou trois capitaines qui sauraient rejoindre la mer Noire, Pélias a dû affréter leurs bateaux et les expédier quelque part avec une cargaison, le plus loin possible, vers l'Afrique ou l'Italie... Ils ne reviendront qu'après votre départ.

— Mais toi, Eskandéros, dit Atalante, tu...

— Oui ! s'exclama Eskandéros, l'air soudain triomphant, je suis parvenu deux fois jusqu'en mer Noire... Alors, maintenant, fillette, écoute-moi, range ce que vais dire dans ta tête, et nous allons faire tourner le vieux Pélias en bourrique !

Il posa devant lui deux tablettes de cire couvertes de dessins tracés au stylet.

— Vois : j'ai dessiné pour vous ces cartes. La région des Détroits, c'est cette succession de passages entre la mer Égée, notre mer, et la mer Noire. C'est la fracture entre l'Europe et l'Asie. On y entre par ce couloir d'eau, l'Hellespont[1]. Au nord, la rive thrace ; au sud, la rive perse. Tu vois ?

Atalante fit « oui » de la tête.

— Il y a deux soucis majeurs dans l'Hellespont. D'abord, le vent contraire de nord-est. Quelles que soient les qualités de votre bateau, n'essayez pas de forcer, vous ne passerez pas. Mettez au mouillage et attendez un vent meilleur. Attendez le temps qu'il faudra, souvenez-vous que le vieux Pélias compte sur l'impatience de votre âge comme sur son meilleur allié. Ensuite, le danger le plus redoutable serait un coup de vent de nord qui vous surprendrait à l'intérieur : il n'y a pas assez de place pour mettre le bateau en fuite, le risque serait d'être jeté sur la côte perse... N'entrez que par grand beau temps. Dans le défilé, il est alors possible que cela soit calme comme un lac ; prenez les

1. Aujourd'hui, le Détroit de Dardanelles.

avirons, et tenez l'effort jusqu'en mer de Marmara. Si vous avez un vent favorable, sortez la toile, mais continuez à ramer. Dans cet endroit, moins on s'attarde et mieux on se porte. Si toutefois un coup de vent survenait, mettez au mouillage du côté thrace et attendez que cela se calme. Mouillez sur deux ancres, et, quoi qu'il arrive, ne laissez pas le bateau dériver sur la côte perse, il serait réduit en petit bois.

— « Île de Marmara... » lut Atalante.

— L'Hellespont franchi, vous trouverez la mer de Marmara. Serrez la côte nord, de façon à toujours garder de l'eau à courir en cas de coup de vent. La mer de Marmara est d'une prodigieuse profondeur, il peut arriver que l'on croie l'ancre accrochée au fond alors qu'elle flotte entre deux eaux. On peut relâcher à l'île de Marmara, les habitants vous escroquent sur les prix, mais leur eau douce est saine, leurs feuilles de vignes farcies sont fameuses, et ils sont gentils, alors...

— Les gens sont-ils aussi accueillants tout au long des Détroits ?

— Non ! J'allais t'en parler. Vous partez sur un très joli bateau, je crois ?

— C'est l'ingénieur Argos qui le construit.

— Argos !... Ce sera une splendeur !... Vous allez rendre fous de convoitise tous les marins sans principes de Thessalie jusqu'en Colchide. Par prudence, essayez de ne jamais rester longtemps au même mouillage, et, même en escale, conservez toujours un équipage complet de veille sur le pont. Choisissez ceux qui iront à terre parmi les plus forts du bord, et qu'ils soient en nombre. Et n'emportez à terre que l'argent nécessaire pour payer les achats immédiats.

— À l'extrémité de la mer de Marmara, c'est le... « Bosphore » ? interrogea Atalante qui déchiffrait la carte.

— Le Bosphore est un chenal naturel entre la mer de Marmara et la mer Noire, on distingue la rive d'Europe et la rive d'Asie. La navigation est une sorte de navigation fluviale, assez compliquée parce que le courant peut être très puissant et il varie sans cesse. Alors, comme dans l'Hellespont, n'entrez que par vent portant et faites donner toute leur force aux avirons.

— La mer Noire est-elle dangereuse ?

— C'est une sournoise. Elle a l'air tranquille et en moins d'une heure, un vent de nord du tonnerre de Zeus peut vous tomber sur la tête. À cause de cela, ne serrez pas la côte, naviguez au large. Souvenez-vous que le danger, en mer, c'est toujours la côte. Et puis tiens, fille ! Prends cela...

Eskandéros lui tendit un paquet de tablettes de cire vierges :

— Tu tiendras un journal de bord. Chaque jour, note la date, la position du bateau, le cap, et les événements importants. Vous verrez qu'en mer on a vite fait de se perdre, et dans le temps, et dans l'espace. Avec le journal de bord, on se retrouve parfois.

Atalante prit les tablettes.

— Chiron, savais-tu que Pélias projetait d'envoyer Jason en Colchide ? C'est pour cela que tu as voulu que nous apprenions à conduire un bateau ?

— Je n'en étais pas sûr, mais disons que c'était une grande probabilité. J'ai dit que ce vieux renard avait eu seize années pour réfléchir au retour de Jason. Mais, à vieux renard, vieux renard et demi ! Moi aussi, j'ai eu seize années pour y penser. Ces lois antiques de Iolchos, ces histoires de Phryxos et de la Toison d'or, ne sont pas si secrètes que je n'aie pas pu en avoir connaissance. Et puis, je connaissais mon Jason, cela fait quand même quelques années que nous nous fréquentons. Je savais que la perspective d'une révolution de palais ou d'une guerre civile lui répugnerait, c'est le contraire de son caractère. En revanche, il me semblait bien qu'il ne pourrait résister à une belle quête d'aventure. Je ne m'étais pas trop trompé.

— Il ne ressemblerait pas un peu à son père, ton pupille ? demanda Eskandéros.

— Plutôt, oui, admit Chiron.

— Finalement, observa Atalante, Pélias et toi avez raisonné de la même façon.

— À cela près, compléta Chiron, que Pélias pense que la quête de la Toison d'or est une aventure sans retour, alors que je crois, moi, qu'elle est possible.

— La Toison d'or, est-ce un objet sacré en Colchide ?

— Puissamment sacré, dit Eskandéros. C'est un objet de culte censé entretenir la bienveillance de Zeus sur la région.

— Alors ils ne voudront jamais nous la donner, fit observer Atalante.

— Donner la Toison d'or, sûrement pas. Mais Ætès et Jason ont des ancêtres communs. Ils sont quasiment parents. Entre rois, entre cousins, les choses se négocient, on s'arrange... Il y aura bien un service que vous pourrez rendre à Ætès.

— Ætès et les Colchidiens sont humiliés de vivre à la plus lointaine extrémité du monde grec, dit Chiron. Ils souffrent de leur isolement. Imaginons que Jason – si on l'aide à devenir roi – propose d'ouvrir largement la voie maritime des Détroits... S'il s'engageait à envoyer régulièrement des navires en Colchide, eh bien, je pense qu'Ætès pourrait se montrer accommodant.

— Au pire, fit Eskandéros, s'ils ne veulent rien savoir, il faudra la prendre sans permission.

— Voler un objet sacré ? s'exclama Atalante, scandalisée.

— L'emprunter, fillette, l'emprunter ! Qui parle de la garder ? Cette loi dit que Jason doit rapporter la Toison à Iolchos, elle ne dit pas qu'elle doit y rester. Il n'y aura qu'à la restituer ensuite aux Colchidiens.

Atalante monta le lendemain sur une trirème[1] marchande, l'*Astérias*, qui retournait à Iolchos. Dès que le navire eut largué les amarres, elle s'établit sur le pont arrière, auprès du capitaine et de l'homme de barre, et durant toute la traversée, elle ouvrit grand ses yeux et ses oreilles, amassant ce qu'elle pouvait d'informations et de connaissances. Elle était consciente que son expérience nautique était mince, disons nulle, en ce qui concernait les grands bateaux, et qu'elle était en route pour affronter l'une des plus difficiles navigations du monde connu. Cette traversée vers Iolchos était une chance dont il fallait profiter. Pendant tout le voyage, elle bombarda de questions le capitaine et les deux pilotes qui se relayaient à la barre. Ceux-ci furent charmés qu'une aussi agréable passagère attachât autant d'intérêt à leurs compétences. C'était à qui ferait le cours de navigation le plus détaillé.

1. Trirème : grand navire à trois rangs de rameurs.

Pourquoi, interrogeait Atalante, passait-on si loin au large pour doubler le cap Ténaro ? N'allongeait-on pas inutilement le voyage ? « Le vent refuse toujours près du Ténaro, répondait le pilote. On ne peut passer qu'au large. C'est d'ailleurs le cas pour la plupart des caps. »

Pourquoi, demandait Atalante au capitaine, donnait-il l'ordre de rentrer les avirons en pleine journée ? « Par beau temps dégagé comme aujourd'hui, répondait celui-ci, le *meltem*, vent de nord-ouest, va se lever et suffira à maintenir le navire dans sa vitesse, toutes voiles dehors. Les rameurs gagneront ainsi plusieurs heures de repos. En mer, c'est une règle de profiter de tout repos qui se présente car on ne sait jamais ce qui peut venir ensuite. »

Atalante écoutait et rangeait ces informations dans sa mémoire. Elle n'eut pas grand mal à les faire parler de l'expédition du prince Jason en Colchide. Rien ne les passionnait d'avantage.

Le bateau du prince Jason, questionnait Atalante, serait-il bientôt prêt ?

Les marins s'extasiaient : « Le bateau du prince Jason !... »

L'ingénieur Argos avait annoncé le plus beau navire qui soit jamais sorti de ses chantiers... Un vaisseau à deux ponts, bâti dans des bois choisis et mis en réserve depuis des années. Des courbes en chêne de dix ans. Une coque à la forme parfaite où la mer ne rencontrerait ni résistance ni point faible. Le prince Jason avait promis d'appeler ce navire *Argo* en l'honneur de son bâtisseur... Quand ils avaient quitté Iolchos, huit semaines plus tôt, l'*Argo* était encore en cale sèche sur le chantier. Et Argos avait fait disposer de grandes bâches autour de la coque en construction pour que personne ne pût la voir avant qu'elle fût finie. Les charpentiers travaillaient à l'abri de la toile. Le capitaine et les pilotes de l'*Astérias* brûlaient de curiosité. Peut-être, à leur retour, l'*Argo* serait-il terminé et visible...

Et l'équipage ? demandait Atalante. « Ah, l'équipage, les *Argonautes*... »

Le prince Jason avait fixé leur nombre à cinquante, pas trop pour ne pas charger le navire en excès, mais suffisamment pour développer une puissance efficace aux avirons dans les courants des Détroits. Pour faire partie des Argonautes, la règle était d'avoir accompli un exploit. Quand ils étaient partis, on savait déjà que les jumeaux Castor et Pollux en étaient. Et aussi le jeune Typhis, un garçon extraordinairement doué pour la navigation. On racontait qu'à l'âge de douze ans, son père lui avait confié la barre d'un vaisseau de haut-bord dans le détroit de l'Île d'Eubée, prétendant que son fils avait la main plus sûre que lui...

Et les Détroits, demandait encore Atalante, que savaient-ils de la région des Détroits ?

Peu de chose... Aucun d'entre eux n'était jamais allé par là. Trois ans auparavant, un navire d'Iolchos, le *Delphis,* était parti vers l'Hellespont, on n'avait plus rien su de lui.

La traversée vers la Thessalie dura deux semaines. L'*Astérias* entra dans la baie d'Iolchos en fin d'après-midi. Le meltem était établi, l'eau bleu sombre était parsemée de moutons blancs, le soleil baissait vers l'horizon. Un grand navire à la voile d'un blanc éclatant tirait des bords dans la baie.

Il traçait sa route avec élégance, puis, soudain, virait de bord avec la grâce d'un oiseau de mer. Et il repartait à la recherche d'une trajectoire parfaite, d'une subtile alliance entre l'équilibre et la vitesse.

L'équipage entier de l'*Astérias* contemplait ce spectacle. Quelqu'un observa :

— On dirait un goéland.

Le capitaine reprit :

— C'est lui, mes enfants. C'est l'*Argo*. Par tous les dieux, je n'avais jamais rien vu de si beau !

Chapitre 15

LES ARGONAUTES

Dès que l'*Astérias* fut à quai, Atalante remercia les marins et, demandant son chemin dans la foule du port, rejoignit le chantier naval d'Argos. L'*Argo* était déjà remonté au sec et remis sur ses cales. L'ingénieur Argos, entouré de ses aides, modifiait les réglages dont il n'était pas satisfait à l'issue des essais de la journée : la tension des haubans n'était pas parfaite ! Il fallait reculer de deux mains, non : une et demie ! les points de tire...

Atalante aperçut de loin Jason, accompagné d'une équipe de jeunes gens à l'air décidé. Sûrement les Argonautes... Il lui parut grandi. Il avait l'air plein d'assurance. Elle sourit : apparemment le rôle de capitaine lui convenait bien.

Elle s'approcha du groupe. Jason, la voyant arriver, eut un sourire :

— Mes amis, je vous présente une nouvelle Argonaute : Atalante, fille adoptive de la déesse Artémis !

Il y eut un silence plutôt lourd dans l'équipe des garçons.

« Charmant accueil ! pensa Atalante. On ne peut pas dire que mon arrivée déchaîne l'enthousiasme... »

Un garçon à la tignasse blonde prit la parole :

— Prince Jason, la règle que tu as prescrite spécifie que pour faire partie de l'équipage de l'*Argo*, il faut avoir antérieurement accompli un exploit. Est-ce qu'être la fille d'Artémis constitue en soi un exploit ?

— Les femmes à bord portent malheur, ajouta très sérieusement un autre.

— Mais d'aussi belles jambes, ça, c'est un exploit ! ricana un troisième.

Une expression de colère passa sur le visage de Jason :

— Moi seul décide qui fera ou ne fera pas partie des Argonautes ! Aucun de vous n'a à discuter mes décisions, ni même à y repenser. Et encore moins à se montrer grossier.

— Je ne vois pas pourquoi la règle de l'exploit serait levée en ma faveur, intervint Atalante. L'an dernier, j'ai répondu à l'appel du prince Méléagre et j'ai pris part à la chasse menée contre le sanglier de Calydon. Je crois même avoir porté les deux premiers coups mortels. Est-ce que cela convient comme examen d'entrée ?

Les Argonautes demeurèrent cois. L'histoire du sanglier de Calydon et de la mystérieuse jeune fille qui avait couru si vite et tiré si juste avait fait le tour de la Grèce, d'ailleurs passablement enjolivée de conteur en conteur. Dans les premières versions, le sanglier avait la taille d'un taureau, puis on était passé au buffle, on en serait bientôt à l'éléphant d'Asie... Aucun des garçons présents n'avait une aventure comparable à mettre sur le tapis.

Le garçon blond demanda :

— Alors, la jeune fille de Calydon, c'était toi ?

Il tendit la main :

— Je serai fier de naviguer sur le même bord que toi. Mon nom est Typhis.

Atalante rendit politesse pour politesse :

— Ta renommée était déjà arrivée jusqu'à moi, Typhis – elle adressa mentalement un remerciement au capitaine et au pilote de l'*Astérias*, si bien renseignés et si bavards. Je sais que les dieux t'ont fait don d'un grand talent de marin et qu'à l'âge de douze ans, ton père te confiait la barre jugeant ta main plus sûre que la sienne.

Typhis s'inclina en rougissant. Jason reprit la parole avec autorité :

— Cette discussion est close. Toutefois, si pour la plupart vous avez accompli un acte d'audace, à la chasse ou à la bataille, sous le soleil, entouré de compagnons, dans le tumulte et l'excitation, c'est très bien, mais tout le monde peut le faire. Il s'agit autant d'émulation que de courage. Et cela ne veut nullement dire que, face à la nuit et à l'inconnu, vous ne serez pas saisis de frayeur ou de panique. Le vrai courage, c'est celui de deux heures après minuit, l'heure la plus froide et la plus solitaire... C'est de ce courage-là dont nous aurons besoin dans les Détroits.

La nuit venue, Atalante et Jason s'assirent sur les rochers de la jetée, devant le chantier d'Argos. Le ciel était couvert d'étoiles, les cordages battaient doucement contre les mâts, on aurait pu se croire revenus au temps tranquille de Vounia. On pouvait parler sans trop craindre les mouchards de Pélias, les vagues se brisant contre la jetée suffisaient à couvrir une conversation à mi-voix.

— Très bien, ton discours sur le courage, dit Atalante. J'ai cru entendre Chiron lui-même.

Jason sourit :

— Je reconnais lui avoir emprunté quelques idées.

— Donc, sur l'*Argo*, nous ne serons qu'entre gens coutumiers de l'exploit. Quelle belle compagnie ! Je suis curieuse de savoir ce que tu appelles exactement un « exploit » ?

— C'est simple, le candidat Argonaute raconte au jury son aventure, en général assez joliment embellie. Et le jury, qui est très intelligent, très large d'esprit, et très souverain dans sa décision, déclare que l'aventure en question est un fait de valeur exceptionnel, ou pas.

— Ah ! dit Atalante, et qui compose le jury ?

— Moi.

Réponse qui les fit rire tous les deux.

— Cela a été très commode, cette histoire d'exploit, continua Jason. Cela m'a permis de choisir qui je voulais à bord de l'*Argo* sans trop avoir à m'expliquer.

— Alors, quelles sont les qualités dominantes de l'Argonaute ?

— De l'énergie et un caractère facile. Nous allons passer plusieurs mois, à cinquante, sur ce bateau. Il y aura des moments rudes, des crises, des échecs... La quête de la Toison d'or ne peut réussir que si nous parvenons à conserver à bord une atmosphère supportable. J'ai écarté les agressifs, les trop nerveux, les exagérément individualistes. Et aussi les trop amis de Pélias... Mais tu les as vus, tout à l'heure, les Argonautes ! Ce sont de bons gars, pas compliqués, qui acceptent aisément mon autorité. Castor et Pollux, quoi qu'il arrive, ne renonceront jamais à une entreprise commencée. Typhis a le sens de la mer à un point merveilleux. Nous avons aussi Orphée, qui ne comprend rien à la navigation. Il lui arrive de réfléchir plusieurs minutes avant de trouver dans quel sens il doit manœuvrer son aviron, mais c'est un musicien très agréable et il sera sans prix pour conserver l'harmonie à bord.

Jason se tut un instant, puis reprit :

— Comment se porte mon père Chiron ?

— Chiron va à merveille. J'ai dormi chez lui la veille de mon départ. Eskandéros était là, venu de Vounia pour nous souhaiter bonne chance.

Atalante se pencha à l'oreille de Jason et ajouta d'une voix à la limite de l'audible :

— Il m'a aussi donné quelque chose que je dois te remettre... Quelque chose de si secret et si conséquent que je crois que Pélias ferait tout pour s'en emparer s'il apprenait que nous le possédons.

Jason lui serra le bras :

— Qu'est-ce ?

Atalante s'approcha encore :

— Des cartes ! Des cartes de la région des Détroits et de la mer Noire ! Ton délicieux oncle ferait bien de profiter de son trône : il ne va plus rester longtemps assis dessus.

Le soir même, le chef de la police rapporta à Pélias qu'une jeune fille était arrivée à Iolchos et que le prince Jason avait annoncé qu'elle embarquerait sur l'*Argo*. Pendant la soirée, le prince et la demoiselle s'étaient assis à l'écart, près de la mer. On n'avait pas pu surprendre leurs paroles mais la jeune fille avait ri plusieurs fois.

Pélias se frotta les mains : parfait, parfait ! Jason avait fait venir sa petite amie... Un chef d'expédition qui emmenait sa petite amie n'était qu'un galopin sans épaisseur. Ils n'iraient pas loin, les Argonautes...

Chapitre 16

Journal de bord de l'*Argo*, tenu par Atalante

De Iolchos à Marmara

1er *jour*. Midi. Nous sortons de la rade d'Iolchos. Le meltem est établi. L'*Argo* va bon plein, tout dessus[1]. Par sécurité, nous conservons les rameurs à poste dans le détroit d'Eubée.

Les gens d'Iolchos sont sur les jetées et les plages pour nous applaudir. Il me semble reconnaître le roi Pélias au balcon de sa villa du bord de mer.

14e jour. Nous jetons l'ancre au mouillage de l'île de Lemnos pour avitailler en eau douce et vivres frais. Depuis trois jours nous n'avions plus que

1. Expression de marin qui signifie que toutes les voiles disponibles sont hissées.

du pain assez dur et des olives noires ; à force, on s'en lasse.

Les habitants de l'île étaient déjà informés de notre voyage et très enthousiastes. J'ai pu aller à terre. Les femmes de Lemnos m'ont invitée dans leur hammam et m'ont traitée comme une princesse.

« — Comment fais-tu, seule fille à bord, parmi tous ces garçons ? m'ont-elles demandé.

— Je leur dis toujours qu'ils ont raison et après, dans leur dos, je fais ce que je veux. »

Elles ont bien ri, puis ont convenu qu'elles n'agissaient pas autrement avec leurs hommes. Au hammam, j'ai pris conscience d'une vérité essentielle : le plus grand bien-être qui soit, c'est de se laver les cheveux à l'eau non salée.

17ᵉ jour. Nous quittons Lemnos, cap à l'est, vers l'entrée de l'Hellespont. Orphée s'est chargé d'acheter des figues avant le départ. Horreur : elles sont fibreuses comme du coton, sans jus et sans sucre. Double horreur : il en a acheté dix paniers.

25ᵉ jour. Nous sommes ralentis depuis Lemnos par un fort vent de nord-est. Il nous a fallu huit jours pour atteindre la Troade ; par vent portant, trois suffisent. Nous avons dû ramer sans cesse pour soutenir la voile.

27e jour. Reconnaissance à l'entrée de l'Hellespont. Comme me l'avait dit Eskandéros : il est impossible de pénétrer dans le détroit par vent contraire. Nous jetons l'ancre dans une baie de Troade. Mouillage inconfortable et très agité. Nous sommes tous déçus et de mauvaise humeur. L'Hellespont, qui est le vrai début de l'aventure, semble nous narguer : tout près et inaccessible.

Les habitants du village devant lequel nous sommes à l'ancre considèrent le vent de nord-est comme une bénédiction : il retient devant chez eux les navires, à qui ils vendent au prix fort l'eau douce et la nourriture. Et cinquante Argonautes, c'est effrayant ce que cela mange.

29e jour. Même vent, même mouillage.

« — Pour pénétrer dans l'Hellespont, il faut attendre que le sirocco, le vent du désert, le vent du sud, se lève, nous ont dit les gens du village.

— En cette saison, devrons-nous attendre longtemps ? a demandé Jason.

— Parfois quelques semaines. Cependant, on a vu des années où il ne s'est pas levé du tout. »

32e jour. Même situation. L'humeur à bord devient carrément maussade.

33ᵉ jour. On dirait que le vent de nord-est faiblit. Le divin Éole nous aurait-il entendus ?

Le soir : le vent est tombé. C'est le calme plat.

« — On complète l'avitaillement, et on vérifie gréement et avirons, a ordonné Jason. Si demain, à l'aube, le temps est pareil, nous partirons à la rame. »

« Nous partirons » : mots magiques ! Les Argonautes sont à nouveau gais comme de petits oiseaux.

34ᵉ jour. Dans mon sommeil, j'ai senti qu'il faisait plus chaud. Et trois ou quatre vagues ont heurté la coque. « La vague précède le vent » nous a appris Eskandéros. Puis la voix de Jason a éveillé tout le monde :

« — Paré à mettre à la voile dans un quart d'heure ! »

Grand branle-bas à bord, il faisait encore nuit. Un souffle brûlant, venant de terre, se levait : le vent du désert, le sirocco !

Le jour se lève : nous entrons dans le détroit. C'est un couloir d'eau entre deux côtes faites de collines escarpées, la côte thrace sur notre gauche, la côte perse à droite. L'entrée forme un goulet large à peine de mille pas, le passage s'élargit ensuite mais, d'après la carte, se resserrera plusieurs fois.

Avec le soleil, le vent se renforce. L'*Argo* file toutes voiles dehors, l'équipage rame avec enthousiasme.

« — Doucement les rameurs, dit parfois Typhis, à la barre, l'Hellespont est encore long. »

À noter, un courant contraire assez fort.

Le soir : le vent mollit. Le détroit décrit un coude vers la droite et les bords se resserrent. Nous attendrons le jour, demain, pour approcher ce goulet. Mouillage dans une crique, côté perse.

35e jour. Aube. Première lueur rose à l'est. Le sirocco a l'air de se maintenir. Nous relevons l'ancre.

Midi : Nous allons passer ce cap qui barre à moitié le détroit. Typhis nous a prévenus :

« — À l'endroit le plus resserré, le courant va considérablement se renforcer, alors j'aurai besoin de toute la puissance possible dans les rames. Moi, je me charge de maintenir l'*Argo* face au courant. Si nous nous laissons prendre par le côté, nous pouvons être jetés dans la berge. »

Nous avons ramé comme des mules pendant plus de quatre heures, les mains emmaillotées de chiffons, presque sans avancer, contre ce courant qui ressemblait à celui d'un fleuve. Heureusement, le vent du soir est venu renforcer le sirocco. D'un seul coup, les voiles se sont tendues, l'*Argo* s'est élancé comme un cheval qui prend le galop et nous sommes sortis de ce pétrin. De l'autre côté du cap, le détroit s'élargit, le courant s'apaise, les collines tombent à pic dans la mer et le vent cesse complètement. On croirait un lac de montagne. Nous avons ramé jusqu'à la nuit tombée. Mouillage côté thrace.

36e jour. Plus aucun vent. On rame.

37e jour. Même situation.

38e jour. Pareil. Nous ramons en direction de l'est. Nous avançons peu à cause du courant.

Deux heures après midi : on dirait que les berges s'éloignent l'une de l'autre. Serait-ce enfin la mer de Marmara ?

Trois heures : le ciel devient noir au-dessus de la rive thrace, l'air est lourd et immobile, la mer plate.

« — L'orage va nous éclater dessus ! » a annoncé Castor.

En moins d'une minute, le vent s'est levé en bourrasque, la mer est devenue blanche d'écume, l'*Argo*, pris par le travers, s'est mis à rouler furieusement.

« — Les rameurs tribord, nagez à fond ! a crié Jason, on ramène le bateau face à la vague ! Et préparez le mouillage sur deux ancres !

— L'un des mouillages a cassé ! a crié Pollux à travers la pluie. Et l'autre ne tient pas, il dérape sur le fond. Nous dérivons vers les rochers !

— Alors, pas d'autre solution que la fuite vent arrière, a dit Jason. Préparez la voile de tempête ! Dès qu'elle est prête, relevez le mouillage !

— En fuite dans le détroit ? s'est opposé Typhis. C'est de la folie !

— Sauf si nous ne sommes plus dans le détroit. Si c'est la mer de Marmara qui est en face de nous, nous avons de l'espace à courir. Évidemment, si c'est la côte perse...

— Si c'est la côte perse ?...

— Si c'est la côte perse, nous le saurons vite. »

Typhis a poussé la barre à fond, la voile de tempête s'est gonflée d'un coup. L'*Argo* s'est ébroué et s'est élancé sur la crête des vagues, en fuite devant les rafales. Dans la pluie et le brouillard d'eau, on ne voyait rien au-delà d'une encablure. Cette course folle a duré trois heures.

« — Nous sommes probablement sortis du détroit, a annoncé Typhis, à la barre, le regard droit devant lui, fixé sur la route du bateau.

— Probablement, a dit Jason, car sinon il y a déjà un moment que nous serions sur les rochers perses. »

Et puis, l'orage s'est éloigné vers le sud. Le vent et la mer se sont apaisés. L'*Argo*, qui tirait vers l'avant comme un diable, s'est calmé lui aussi. Un rayon de soleil a traversé les nuages. L'horizon s'est dégagé. Devant nous, il n'y avait rien. Rien que la mer.

39e jour. Brise légère de nord-ouest. Cap sur l'île de Marmara. Une question m'importe particulièrement : y a-t-il un hammam convenable à Marmara ?

44e jour. Il y a un hammam exquis à Marmara, tout en carrelage bleu turquoise, réservé aux dames le matin et aux hommes l'après-midi. Il est inutile de me chercher avant midi pour quelque corvée que ce soit : je suis aux bains de vapeur.

Il y a au hammam un groupe de grosses dames d'un certain âge qui m'ont prise sous leur aile. On me chouchoute, c'est une merveille ! Elles parlent grec, mais enjolivé d'expressions orientales roucoulantes, nous nous comprenons très bien. C'est comme si, d'un coup, vingt grands-mères m'étaient tombées du ciel. Elles ont émis une sorte de chœur de lamentations en voyant mes mains pleines de crevasses et d'ampoules. Eh bien oui, les rames... Depuis, elles me les massent deux fois par jour d'une pommade verte à l'eucalyptus. Elles démêlent mes cheveux à l'aide de crèmes parfumées. Elles me gavent de confitures d'oranges, de loukoums à la rose et de halva[1] aux pistaches.

1. Friandise orientale au sésame et au miel. Un vrai délice !

Notre bel *Argo* aussi se fait bichonner. Nous l'avons échoué sur la plage et avons très soigneusement nettoyé sa coque de tous les coquillages et algues qui s'y sont accrochés. Nous nous sommes frottés à plusieurs rochers depuis Iolchos, certains chocs ont demandé réparation. Quand notre coque a de nouveau été toute belle, nous avons refait l'étanchéité avec de l'étoupe et du bitume. Nous avons aussi vérifié le mât et changé les cordages.

Il a fallu racheter une ancre.

« — Une merveille ! a vanté le marchand du port, je les fais fabriquer par des forgerons scythes, vous n'en trouverez pas de pareilles en Grèce. »

Et il nous l'a fait payer trois fois plus cher qu'à Iolchos. Enfin, comme souligne Jason, c'est vrai qu'elle est belle.

Les marins de Marmara nous ont félicités pour notre remontée de l'Hellespont.

« — Il est rare, nous ont-ils dit, de franchir le détroit dès la première tentative. Les navires qui arrivent ici ont en général dû faire demi-tour une ou plusieurs fois, ayant rencontré un vent contraire ou un courant trop fort dans le détroit. Sans doute, les dieux aiment-ils les jeunes gens. »

À propos de dieux bien disposés, nous avons eu une chance phénoménale que l'orage ait éclaté alors que nous nous trouvions presque à la sortie du détroit, avec l'espace de la mer devant nous. Nous en parlons peu, mais nous sommes tous hautement fiers d'être parvenus jusqu'ici.

J'aime les Argonautes : il n'y en a pas un qui, un seul instant, imagine que la quête de la Toison d'or ne puisse pas être un succès.

Chapitre 17

Journal de bord d'Atalante

De Marmara en Colchide

63*e jour.* Nous quittons l'île de Marmara, cap à l'est, à la recherche du second passage vers la mer Noire : le Bosphore. Vent de nord-ouest modéré. Mes amies les dames du hammam sont venues, et nous envoient de chaleureux au revoir depuis la plage. J'espère que sur la route du retour, nous nous arrêterons à nouveau ici.

75*e jour.* Vent du nord contraire. Nous apercevons enfin la rive orientale de la mer de Marmara. Il faut maintenant trouver l'entrée du Bosphore, mais ce n'est pas la peine de nous presser car le vent contraire a l'air de vouloir durer.

Les marins de Marmara nous ont prévenus :

« — Il est impossible de remonter le Bosphore par vent du nord car vous aurez aussi le courant contre vous, et il atteint dans certains passages la vitesse d'un cheval au trot. Il y a plusieurs îles avec des mouillages sûrs un peu avant l'entrée du détroit. Vous y trouverez peut-être d'autres navires en attente. Prenez patience : on ne peut passer autrement... Et méfiez-vous des commerçants de ces îles : ils vous demanderont toujours deux ou trois fois plus cher qu'il ne faut. »

Après les prix pratiqués à Marmara, en effet, ce doit être terrible.

77ᵉ jour. Mouillage à l'île Chalki. À notre grand étonnement, mais comme l'avaient prévu les gens de Marmara, un autre navire est là, l'*Hippocampe*, un bateau marchand à deux rangs de rameurs.

Le capitaine nous a civilement invités à son bord, Jason et moi. L'*Hippocampe* a quitté Cnossos, en Crète, il y a cinq mois. On y parlait déjà de l'*Argo* et de notre voyage. Il se réjouissait de nous voir arrivés jusqu'ici sains et saufs. Nous l'avons remercié avec toutes les politesses possibles.

« — Capitaine, a demandé Jason, quelque chose m'étonne. Peut-être pourrez-vous m'éclairer.

— Posez votre question, prince, je verrai si je sais y répondre.

— Avant de quitter Iolchos, on nous a prévenus que les Détroits étaient des espaces inconnus et que les navires qui s'y aventuraient ne revenaient pas, on nous a même parlé d'êtres monstrueux... Et, si mon bon oncle Pélias nous y a envoyés avec tant d'entrain, c'est qu'il espérait bien se trouver ainsi débarrassé de nous. Nous possédons deux cartes de ce pays, mais elles nous ont été données de façon presque miraculeuse...

— Miraculeux est le mot qui convient. Il n'existe pas de cartes de cette région. Celles que vous possédez ont sans doute été dessinées spécialement pour vous.

— Or, a continué Jason, depuis la Troade et la mer de Marmara, je constate que des bateaux passent dans les Détroits. Des ports prospères comme celui de Marmara ne sauraient exister si des navires n'y faisaient régulièrement escale. Aujourd'hui, ce mouillage de Chalki où vous vous trouvez vous-même... Et je ne crois pas me tromper si je dis que vous êtes un habitué de la route de la mer Noire.

— Vous ne vous trompez pas.

— Pourquoi ces mystères ?

— Prince, vous n'ignorez pas que dans notre mer Méditerranée, nous sommes essentiellement des nations marchandes. Crétois, Phéniciens, Grecs, Chypriotes... et que la concurrence entre nous est féroce. Une route maritime reconnue, avec une clientèle au bout, cela vaut des trésors. Quand on en connaît une, on se garde de le crier dans les ports.

On raconterait plutôt que l'endroit est affreux, dangereux, infesté de pirates, et, pis que tout, dépourvu de clients. Et on ne trace pas de cartes. Les cartes, on les a dans sa tête.

— Pourquoi ? ai-je demandé.

— Parce que si un autre bateau apporte sa marchandise dans le même port que vous, il fait baisser les prix.

— L'*Argo* n'est pas un navire marchand, a fait observer Jason, alors, peut-être, pouvez-vous nous dire où vous allez ? »

Le capitaine de l'*Hippocampe* a souri :

« — Je ne sais pas s'il est bien sage de raconter mes secrets au futur roi d'Iolchos, cité d'un grand port actif. »

Jason a rougi de plaisir, c'était la première fois qu'on lui donnait ce titre.

« — Le futur roi d'Iolchos vous en conserverait de l'amitié.

— Vous me tentez. L'amitié d'un roi est une chose précieuse. Je vais vous dire où je vais... Ce qui n'a d'ailleurs plus beaucoup d'importance car vous avez vu et compris tout seul l'essentiel, c'est-à-dire que des bateaux de commerce vont et viennent dans les Détroits et s'en portent fort bien. Je vais en Scythie, sur la rive nord de la mer Noire.

— Que leur vendez-vous ? ai-je demandé.

— Vous voulez vraiment tout savoir... Eh bien, je leur apporte une cargaison de parfums de Chypre, de vins de qualité et de fines poteries peintes de Crète.

— Les Scythes aiment acheter ces choses-là ? me suis-je étonnée.

— Vous n'imaginez pas, ma belle enfant, à quel point ces gens du nord raffolent de nos produits de luxe. Et ils sont connaisseurs ! N'essayez pas de leur vendre une eau de senteur vulgaire pour du parfum de Chypre ou une piquette pour du bon vin... Mais, parlons du Bosphore... Prince Jason, je pense que vous êtes capable de le remonter sans aide, mais cela ira encore mieux si je suis devant vous. Voilà ce que je vous propose : quand le sirocco se lèvera, suivez l'*Hippocampe*. Suivez-moi très précisément parce que nous naviguerons au ras des berges. Le courant y est moins fort mais, en revanche, on s'expose au danger des hauts fonds. Nous navigue-rons tantôt près de la rive d'Europe, tantôt près de la rive d'Asie. Vous aurez sans doute l'impression que j'exagère dans les tours et les détours, mais faites-moi confiance, c'est que j'irai chercher les contre-courants qui nous porterons vers le haut du détroit au lieu de s'opposer à nous. Et si les dieux sont de bonne humeur, et que nos rameurs ne se ménagent pas, en une journée de bon vent nous pouvons remonter le Bosphore.

— Une seule journée ? s'est exclamé Jason.

— Disons, une grande journée.

— Comment pourrons-nous assez vous remercier ? Pourquoi faites-vous une chose pareille pour nous ?

— Eh bien, il y a l'amitié du futur roi d'Iolchos dont nous avons déjà parlé... Il y a aussi le devoir de marin, disons que je vous porte secours par anticipation. Enfin, il y a une autre chose – plus personnelle – que j'appellerais le devoir de parent. J'ai un garçon et une fille à Cnossos, ils sont un peu plus jeunes que vous, mais quand je vous vois tous les deux, je ne peux m'empêcher de penser à eux. »

79e jour. Le vent souffle toujours du nord. Attente au mouillage de Chalki.

82e jour. Les marins crétois nous donnent une leçon de sérénité. Il n'y a pas chez eux trace d'impatience, ils s'occupent aux travaux du bord, lavent leur linge, se font la barbe, et font la sieste la moitié de la journée.

« — Il faut faire des réserves de repos pendant qu'on le peut, nous apprennent-ils. Après, dans le Bosphore et en mer Noire, ce sera autre chose. »

84e jour. Le capitaine de l'*Hippocampe* est venu à notre bord :

« — Tenez-vous prêts à appareiller à minuit. »

Nous nous sommes étonnés. Le vent semblait plus obstinément au nord que jamais.

« — Pensez-vous que le vent va tourner cette nuit ?

— Peut-être... Peut-être, il peut changer. Nous irons nous placer devant l'entrée du Bosphore au lever du jour, juste au cas où... »

85e jour. Nous nous mettons en route, à la rame, dans le sillage de l'*Hippocampe*. La nuit est claire, on distingue un peu la côte.

Quatre heures après minuit. Première lueur à l'est. C'est le moment où, d'ordinaire, la brise de terre se lève, venant du nord-est, et qui tient jusqu'en milieu de matinée. Aujourd'hui, pas de brise de terre. C'est le calme plat. Il fait plutôt chaud. Nous sommes presque dans l'embouchure du Bosphore, on commence à sentir le courant.

Cinq heures : une bouffée d'air chaud nous arrive par l'arrière, et le sirocco se lève. Nous hissons toute la toile, tout le monde aux rames, et, enfin, nous pénétrons plein vent arrière dans le Bosphore !

« — Comment, mais comment a-t-il fait pour savoir que le temps allait changer ? demande toutes les trois minutes Typhis, depuis son poste à la barre.

— Patience, petite tête ! a répondu Pollux entre deux coups d'aviron, quand tu auras une barbe et un ventre comme les siens, toi aussi, tu seras bon. »

Midi. Le vent du sud est bien établi. Tout dessus. Les Crétois ne plaisantent pas quand ils rament : leur cadence est soutenue, régulière, jamais un ralentissement. Mais, nous, les Argonautes, nous nous accrochons ! Nous prendrons, s'il le faut, les rames dans les dents, mais nous ne nous laisserons pas distancer.

Quatre heures après midi. Les rives du Bosphore sont jolies, vertes, vallonnées. Nous avançons vite, beaucoup plus vite que dans l'Hellespont où, par moments, les berges semblaient immobiles. L'*Hippocampe* nous emmène d'une rive à l'autre, nous avons déjà changé trois fois. Au milieu du détroit, le courant est comme celui d'un fleuve, mais il est vrai que près des berges, on trouve parfois un courant inversé favorable.

Nous avons les bras, le cou et le dos douloureux et aussi raides que du bois, nous sommes cuits et recuits par le soleil, nous avons les yeux brûlés de sel, mais nous sommes comme fous d'excitation ! Nous menons une course éperdue contre le Bosphore et contre la journée. Plus rien n'existe hors deux choses : ne pas lâcher l'*Hippocampe* et voir la sortie du détroit avant la nuit ! Le vent du soir vient renforcer le sirocco, et notre Argo, aussi déchaîné que son équipage, semble s'envoler sur la crête des vagues. Typhis, les joues en feu, pousse des cris passionnés pour nous encourager. Nous sommes tous fous !...

Le soleil se pose sur l'horizon, le vent faiblit, il semble que la rive d'Europe et la rive d'Asie se séparent. Devant nous, c'est la mer Noire. Et enfin, les Crétois diminuent la cadence et adoptent un rythme plus tranquille. Nous avons réussi.

Nuit complète, il doit être plus de minuit. Nous jetons l'ancre dans une baie de la mer Noire, non loin de l'*Hippocampe*. Notre folle excitation est retombée et fait place à un immense épuisement. Certains sont tombés endormis sur leur banc de nage sans trouver la force d'aller jusqu'à leur hamac.

86e jour.

« — Beau travail, les petits ! » nous ont dit les matelots de l'*Hippocampe*.

87e jour. Nous embarquons sur l'*Argo* tout ce qu'il peut contenir d'eau douce et de vivres. Demain, nous mettrons le cap au large pour rejoindre la Colchide au plus court. Nous quittons ici nos amis de l'*Hippocampe* qui montent vers le nord et les ports scythes. Ce n'est pas sans un serrement de cœur de part et d'autre.

Nous sommes allés remercier une dernière fois le capitaine.

« — Pour naviguer plein est, nous a-t-il indiqué, chaque matin, repérez-vous sur le soleil levant et corrigez votre cap dont vous aurez certainement dévié, même très peu, pendant la journée et la nuit. Naviguez au large, demeurez invisibles des côtes. En mer Noire, la piraterie n'est pas une menace en l'air, il est inutile d'aller exciter les forbans en leur montrant de trop près votre bijou de bateau. Si vous le pouvez, ne faites qu'une escale, et choisissez plutôt Sinope qui est le port le plus sûr de la région.

— Adieu capitaine, a dit Jason. Merci pour tout.

— Adieu mes enfants. Que les dieux veillent sur vous.

— Peut-être, nous reverrons-nous.

— Je l'espère. Je vous rendrai un jour visite dans votre palais à Iolchos.

— Si je deviens un jour roi d'Iolchos, ce sera en partie grâce à votre aide, a dit Jason. Je vous accueillerai toujours comme le meilleur des amis. »

88e jour. On relève l'ancre. Cap vers le large. C'est une étrange émotion, celle qu'on ressent quand la terre disparaît et qu'on se retrouve sans autre repère que le soleil et les étoiles. Vent de travers, venant du nord. Nous marchons bien.

93e jour. Toujours le vent du nord. Notre intention était d'aller en Colchide sans escale, mais nous allons manquer d'eau douce. Nous ferons le détour de Sinope. Nous infléchissons donc notre cap vers le sud-est.

97e jour. Mouillage en baie de Sinope. Castor et une équipe de gros bras iront seuls à terre, chargés de faire le plein d'eau et de vivres. Nous repartirons aussitôt après.

98e jour. Route au nord-est. Pas d'incident en ville.

« — À quoi ressemblait cette ville de tous les dangers ? ai-je demandé à Castor, dévorée de curiosité.

— Normale... C'est une ville.

— Vous n'avez pas fait de mauvaises rencontres ?

— Seulement une bande d'Amazones qui nous ont trouvés tellement à leur goût qu'elles voulaient absolument nous inviter chez elles.

— Des Amazones ? Des femmes guerrières ? Que faisaient-elles en ville ?

— Est-ce que je sais, moi ? Elles faisaient leurs courses, comme toutes les femmes... Elles achetaient leurs produits de maquillage... Pour nous débarrasser d'elles, nous leur avons laissé Orphée... Mais on dirait qu'il a réussi à s'échapper puisque je le vois, là, à bord. »

100e jour. Le temps est plus froid, il y a des nuages d'altitude et des nuages bas sur l'horizon nord. Un coup de vent se prépare. Nous gréons la voile de tempête et amarrons tout ce qui peut s'amarrer à bord. Quand il le faudra, nous mettrons en fuite vers le sud-est. Fassent les dieux que la tempête passe avant que nous ne soyons à la côte !

101e jour. La tempête est là ! Le ciel est gris foncé, la mer est noire, zébrée de traînées d'écume blanche. Le fracas des vagues et du vent est si fort qu'il faut crier pour se faire entendre. Eskandéros nous a dit : « On reconnaît une vraie tempête parce qu'elle hurle. » Alors, c'en est une. Des vagues plus hautes que notre bateau nous poursuivent.

Quand une grosse déferlante se dresse comme un mur derrière nous, le souffle suspendu, nous nous demandons tous si c'est celle-là qui nous enverra par le fond... Mais l'*Argo* roule bord sur bord, s'ébroue, donne un coup de rein et trace sa route sans dévier. Quelle merveille, ce bateau ! Et quel barreur, ce Typhis !

La nuit tombe, le vent ne faiblit pas. Dans l'obscurité, on distingue toujours les traînées d'écume qui nous indiquent la direction des vagues.

102ᵉ jour. Aube : nous avons résisté à la nuit. Le vent est toujours aussi fort. Nous scrutons l'horizon, dans l'angoisse de voir apparaître la côte. Dans cette tempête, ce serait le désastre certain. Apparemment, elle n'est pas encore là. Mais il est vrai que la visibilité est médiocre.

10 heures : il semble que le fracas du vent s'atténue et que le bateau va moins vite.

11 heures : amélioration confirmée. Le plafond de nuages remonte. Nous assistons même à un rapide rayon de soleil.

Midi : Jason, la voix toute cassée d'avoir dû crier ses ordres depuis vingt-quatre heures, ordonne de regréer la grand-voile et de remettre le cap à l'est. Cet ordre signifie que nous sommes sortis de la tempête et que nous sommes vivants.

4 heures après midi : Typhis, qui n'a pas lâché la barre depuis hier, blanc de sel, les lèvres gercées et les yeux brillants de fatigue, annonce :

« — La terre, devant ! Théoriquement, ce devrait être la Colchide. »

103ᵉ jour. C'est la Colchide. Typhis n'est pas peu fier d'avoir – à peu près – tenu le cap dans la tempête. Mouillage agité dans une petite baie surmontée d'un village. Renseignements pris à terre : nous sommes à Pytius. Le roi Æetès demeure à Phasis, à trois jours de navigation vers le sud.

107ᵉ jour. Nous jetons l'ancre en rade de Phasis. L'*Argo* va bien. Les cinquante Argonautes sont tous là et en bonne santé, si ce n'est qu'Orphée demeure un peu pâle après le colossal mal de mer dont il a souffert pendant la tempête.

Chapitre 18

Médée

On envoya les jumeaux Castor et Pollux en délégation annoncer que le prince Jason, arrivant de Thessalie, avait le plus vif désir de venir saluer son cousin, le roi Ætès. On avait prévu pour cette circonstance un plein coffre de vêtements de cérémonies, soigneusement amarré dans la cale de l'*Argo*. Les deux gaillards revêtirent de somptueux manteaux à galon d'or, malencontreusement un peu fripés et humides après le voyage en mer, mais d'un effet encore assez chic avec un peu de recul.

Tous les habitants de Phasis, des galopins du port au roi Ætès lui-même, étaient prodigieusement excités par l'arrivée de l'*Argo*. Castor et Pollux, dès qu'ils eurent mis le pied à terre, furent escortés par une foule jusqu'au palais où Ætès les attendait, entouré de ses magistrats.

On échangea des saluts, des révérences, des compliments. Le roi Ætès et les habitants de la

Colchide souhaitaient la bienvenue aux vaillants jeunes marins qui avaient affronté les périls de la mer et des voyages au loin... Castor et Pollux, au nom des Argonautes, remerciaient le roi et les habitants de Phasis pour leur accueil si chaleureux... Enfin, Ætès conclut en conviant, pour le soir même, le prince et son équipage à un banquet au palais.

Les jours suivants, ce ne furent que fêtes, festins, jeux, et soupers en musique. Les Argonautes et les jeunes gens de Phasis s'affrontèrent dans des concours amicaux de tir à l'arc, au javelot et au disque, et dans des courses de vitesse et de fond. Atalante participa à des tournois entre jeunes filles. Elle fut étonnée de constater que Médée, la fille du roi Ætès, était, à tous les exercices de tir, aussi adroite et entraînée qu'elle. Mais il restait la course où, quelle que soit la distance, et que les adversaires soient filles ou garçons, elle était inégalable. On n'était quand même pas pour rien la fille adoptive d'Artémis et des nymphes de l'Arcadie. Ah, mais !

Il y eut aussi une joute poétique et musicale dans laquelle Orphée rencontra les bardes de Phasis. Pendant toute une soirée, tour à tour, ils dirent leurs plus beaux vers et interprétèrent leurs meilleurs airs. Pour finir, le roi Ætès déclara qu'on ne saurait établir un classement parmi de si beaux talents et qu'ils étaient tous premiers. Il se pencha vers Jason :

— Voyez-vous, mon jeune cousin, il faut être d'une prudence de serpent avec les poètes. Il y a quelques années, lors d'un concours similaire, je commis l'imprudence de déclarer l'un d'eux vainqueur. Ils se sont, en quelque sorte, entretués ! Depuis, je leur décerne toujours un premier prix ex aequo. D'ailleurs, ils ont tous charmé nos oreilles.

Jason voulut profiter de cet aparté pour commencer à aborder le vif du sujet, c'est-à-dire le but de son voyage et la Toison d'or. Le roi Ætès l'arrêta au premier mot :

— Mon cousin, je me doute bien que nous avons des secrets de grande conséquence à nous faire connaître l'un à l'autre. Mais la tradition à Phasis exige qu'un visiteur de rang royal, et qui plus est, mon parent, soit accueilli par deux semaines entières de fêtes et de réjouissances. Nous nous entretiendrons donc le quinzième jour après votre arrivée. Vous verrez que cette habitude n'est pas si sotte et que quatorze jours n'est pas un temps trop long pour nouer des relations de confiance, qui seront ensuite bien précieuses.

— Mon cousin, répondit Jason, je trouve cette tradition excellente.

Le lendemain, deux dames d'honneur de la fille du roi montèrent à bord de l'*Argo* : la princesse Médée invitait Atalante à venir, si elle y trouvait quelque plaisir, résider quelques jours au palais afin de profiter du confort du gynécée. Atalante accepta, ayant appris depuis le début du voyage que le milieu des femmes lui était en général favorable, qu'on y parlait parfois plus librement que chez les hommes et que la vie y était souvent tout à fait agréable.

Elle descendit sur le pont inférieur et réunit ses quelques affaires : deux tuniques de garçon, son meilleur arc, une robe chiffonnée par le voyage, et un flacon de parfum offert par le capitaine de l'*Hippocampe*. Tout cela était bien ordinaire, songea-t-elle en regardant à travers le sabord les parures si élégantes des dames du palais, mais enfin, qu'importait...

Jason vint la retrouver et murmura :

— Surtout, pas un mot à propos de la Toison d'or.

— Compris, dit Atalante.

Médée était plutôt petite, mais Atalante avait pu constater lors des jeux de bienvenue qu'elle ne manquait pas d'adresse ni de vigueur. Elle avait un joli petit visage rond et des yeux violets d'une douceur enfantine. Elle accueillit son invitée comme sa meilleure amie.

— J'ai fait placer ton lit à côté du mien, dit-elle, comme cela, même la nuit, nous pourrons bavarder.

C'est si rare, ici, de recevoir de nouvelles amies que je ne veux pas perdre un instant de ta présence.

Elle décida de parfaire la toilette de son invitée. Elle lui fit essayer une douzaine de ses robes. Entourée de ses dames d'honneur, que ce jeu enthousiasmait, elle lui confectionna plusieurs coiffures, puis des maquillages. Quand Atalante se vit dans la psyché, parée et vêtue de soie, elle hésita à se reconnaître, mais, à la réflexion, son apparence ne lui déplût pas. Après tout, elle n'était pas tellement laide, ainsi vêtue...

Et avec cela, il n'avait fallu qu'une journée à Atalante pour comprendre que, sous le gentil visage de Médée, il y avait une âme de fer et une volonté farouche de ne faire que ce qu'elle aurait décidé. Et que ses yeux si câlins pouvaient, dans l'espace d'un instant, devenir durs comme des cailloux.

Le cinquième jour, Médée invita Atalante à visiter une pièce qu'elle appelait « sa deuxième chambre ». Cette salle semblait le laboratoire d'un herboriste. Elle était pleine de bocaux, de mortiers et de pilons, de plantes en train de sécher ou de macérer. Il y avait aussi des instruments de médecine et de chirurgie. « On se croirait chez Chiron », pensa Atalante.

— Qui travaille ici ? demanda-t-elle.

— Moi. Les femmes, ici, sont instruites dans l'art de guérir. J'ai eu plusieurs maîtresses qui ont eu la bonté de dire que j'étais douée. Les plantes et leur influence sur le fonctionnement du corps..., du corps et de l'esprit aussi..., rien n'est plus passionnant. Mais, pour progresser, il faudrait que j'aille recevoir l'enseignement des grands médecins de Grèce...

Médée se tut, son visage s'était fait dur. Elle reprit :

— Mais quelle importance, maintenant ?... Je ne sais même pas si je pourrai continuer à étudier.

— Pourquoi devrais-tu cesser ? demanda Atalante, surprise.

— Je devrai cesser si mon époux l'ordonne, répondit Médée ; le mot « époux » était chargé d'une colère et d'un mépris indicibles.

— Tu vas te marier ?

— Mon père va me marier, rectifia Médée avec un regard sombre vers la fenêtre qui faisait face à l'aile du palais où habitait le roi Ætès.

Atalante demeura silencieuse, attendant la suite de la confidence.

— Mon frère Ælus deviendra roi de Colchide, reprit Médée, mais moi, la fille, je devrai épouser le monarque d'une cité voisine afin de garantir de bonnes relations entre les deux royaumes. Et j'irai vivre dans une de ces villes loin de la mer, encore plus éloignée de la Grèce que Phasis, où tout le monde, roi compris, sent la bique !

Le silence se fit. Atalante, ne sachant que dire, manipulait sans y prêter attention des plantes fraîchement cueillies qui attendaient sur une petite table. Elle baissa les yeux sur ces fleurs.

— Digitale pourpre, dit-elle. Très efficace, à dose modérée, contre l'essoufflement dû au cœur. Poison mortel à forte dose.

— Toi aussi, tu es instruite de ces choses ? demanda Médée, intriguée.

— Le père adoptif du prince Jason est l'un de ces grands médecins dont tu parlais tout à l'heure. Parfois, dans la conversation, il fait cadeau d'un peu de sa science.

— Le prince Jason, qui est-il pour toi ? interrogea soudain Médée, plantant son regard dans celui de son invitée.

Atalante, pendant un instant, fut décontenancée :

— Jason ? C'est mon ami, mon demi-cousin par adoption...

— Pourquoi t'a-t-il emmenée sur son bateau ?

Atalante se sentit soudain impatientée par cette inquisition :

— Parce que je suis la filleule de la déesse Artémis ! Il devait penser que je porterais chance à l'*Argo*. Maintenant, si ta vraie question est de savoir si je suis la fiancée de Jason, la réponse est non.

Médée redevint instantanément douce et câline :

— Pardonne mon indiscrétion, je ne voulais pas te fâcher. Je suis une affreuse curieuse.

— Je ne suis pas fâchée, il n'y a là aucun secret. Médée prit un mortier et se mit à piler des graines qui s'y trouvaient, déjà presque réduites en poudre.

— Pourquoi êtes-vous venus à Phasis ? demanda-t-elle sans lever les yeux.

— Les habitants de Thessalie sont un peuple de la mer, répondit Atalante. Jason voulait reconnaître les rivages de la mer Noire. Nous venions de Sinope, un coup de vent de nord nous a amenés en Colchide.

— Je pense qu'il y a une autre raison, dit Médée, les yeux toujours baissés, mais peut-être, ne la connais-tu pas... Un prince de Thessalie ne vient pas par hasard en Colchide. Étant princesse, je suis aussi prêtresse du sanctuaire de Phryxos et, s'il y a un texte que je connais bien, c'est celui de la légende de Phryxos et d'Hellé. Si Jason est venu à Phasis, c'est parce qu'il a besoin de la Toison d'or. Il doit avoir des difficultés avec un prince de rang égal... Sans doute un cousin.

Atalante demeura silencieuse. Médée poursuivit :

— Mon père, en voyant arriver ce splendide bateau conduit par un prince de Thessalie, a immédiatement eu la même pensée. Et il a fait placer des gardes autour du sanctuaire de Phryxos. Pour éviter toute tentation.

— Si Jason a des secrets, fit Atalante, cela le regarde. À moi, en tout cas, il ne les a pas dits.

— Bien sûr, fit Médée à nouveau affable et conciliante. Et d'abord, tout cela, ce ne sont que des suppositions... Dis-moi, si nous allions nous baigner dans la mer ? Le soleil est déjà moins chaud, cela va être le bon moment. Nous pourrions prévenir mes dames d'honneur...

Chapitre 19

LA NUIT AU SANCTUAIRE

Quelques jours plus tard, Atalante annonça qu'elle devait prendre sa part des travaux d'entretien de l'*Argo*. Elle remercia la princesse et les dames du palais pour leur accueil et quitta son lit de soie, jumeau de celui de Médée, pour aller retrouver son hamac à bord de l'*Argo*. Dès le soir tombé, elle prit Jason à part dans un coin de l'entrepont pour lui raconter ce qu'elle avait appris pendant les journées passées dans le gynécée.

— Ils savent tout. Ils ont compris, dès qu'ils ont vu l'*Argo*, que nous étions venus pour la Toison d'or.

— Je m'en doutais, dit Jason. Sous prétexte de remercier les dieux pour nous avoir soutenus pendant la traversée, nous nous sommes rendus dans tous les temples et lieux sacrés de Phasis. En général, on y rencontre deux vieux prêtres et trois poules. Au sanctuaire de Phryxos, il y a quarante soldats qui campent autour.

— Que comptes-tu faire ?

— Demain, à midi, je dois enfin rencontrer le roi Ætès en audience privée. Je lui annoncerai officiellement ce qu'il sait déjà, c'est-à-dire que nous voulons la Toison d'or. Et je lui demanderai ce qu'il souhaite en échange. Je lui proposerai de créer une route maritime privilégiée entre Iolchos et Phasis. D'après ce que tu me dis de la princesse Médée, on dirait que les gens ici ont plutôt envie de se rapprocher de la Grèce...

— Tu crois que cela suffira ?

— Je n'en sais rien. Je n'en sais rien du tout... Mais je pense qu'Ætès, lui, doit savoir ce qu'il veut me demander.

— Écoute ! dit Atalante en baissant soudain la voix, on dirait que quelqu'un vient vers nous...

À travers la coque de l'*Argo*, on percevait un léger bruit de rames. Puis une barque heurta la coque.

— Qui va là ? fit la grosse voix de Castor.

— Ami ! répondit une voix qui chuchotait presque, et par grâce, pas tant de bruit ! Envoyez-moi l'échelle de coupée et une amarre pour monter ce coffre à bord.

Les Argonautes parurent indécis. Dans l'obscurité, tout ce qu'on pouvait voir, c'est qu'il n'y avait qu'une seule personne dans la barque, une silhouette plutôt frêle, vêtue d'un manteau au capuchon rabattu.

— Alors, vous vous décidez ? fit la voix nullement intimidée, et qui semblait d'ailleurs avoir l'habitude de donner des ordres.

Castor se tourna vers Jason qui remontait du pont inférieur.

— Prince Jason, que devons-nous faire ?

— Laissez-le monter. Vous voyez bien que c'est un enfant ! Il nous expliquera ce qu'il veut.

On hissa le coffre de camphrier à bord de l'*Argo*, puis l'enfant grimpa l'échelle en trois brassées agiles. Il se retrouva entouré des cinquante Argonautes. Il se tourna face à Jason et secoua la tête, son capuchon tomba.

— Princesse Médée !... fit Jason au comble de l'étonnement, pourquoi êtes-vous venue ?

— Prince Jason, voulez-vous ouvrir ce coffre ? dit-elle sans répondre à la question.

Jason fit signe à Pollux et Orphée. Ils s'agenouillèrent et ôtèrent les barres de fer qui verrouillaient le coffre. Tous furent saisis de stupeur : le coffre contenait une pièce de fourrure, frisée comme celle de l'astrakan, mais dont les boucles semblaient des copeaux d'or.

— La Toison d'or ! murmura Atalante. Médée, pourquoi as-tu fait cela ?

— Tu le sais bien : pour échapper à mon avenir. Pour ne pas devenir la grosse reine ignorante d'une sotte cité poussiéreuse battue par les vents. Pour quitter Phasis. Je veux aller en Grèce avec vous. Je veux rencontrer les grands médecins et recevoir leur enseignement. Vous vouliez la Toison ? La voilà, elle est à vous. Alors, levons l'ancre et partons.

Jason ne disait rien et semblait profondément réfléchir. Il lui fallait, dans les secondes qui venaient, prendre la bonne décision. L'enjeu était la réussite de l'entreprise. Une erreur pouvait coûter la vie à tous les Argonautes.

— Ne pense pas trop longtemps, prince Jason, lui lança Médée. Il faut que tu saches que mon père hésitait beaucoup à te laisser emporter la Toison. S'il avait finalement décidé de te la confier, il t'aurait demandé un prix exorbitant, que toi et ta ville auriez mis des dizaines d'années à acquitter. Et songe aussi que, à terre, quand ils découvriront que vous avez enlevé la princesse et volé la Toison, vous allez voir fondre sur vous mon frère Ælus et sa garde. Ælus est dangereux. Et ses gardes sont pires. Ils ne laissent en général derrière eux que des têtes coupées.

— Ce culot ! s'exclama Castor, indigné. Il n'y a qu'à la remettre dans sa barque avec sa pelure de mouton doré et la pousser à terre. Elle s'expliquera elle-même avec sa charmante famille !

— Non, dit Jason, ils préféreront croire – ou en tout cas laisser croire – que ce sont les étrangers qui ont volé la Toison plutôt que la princesse royale. Nous ne pouvons pas rester ici. Deux hommes à relever le mouillage ! Chacun à son banc de nage et les avirons à poste ! Parés à nager ? Nagez[1] !... Doucement, par tous les dieux, sans bruit ! Typhis, cap plein ouest ! Deux hommes à gréer la grand-voile ! La brise de terre devrait se lever dans deux ou trois heures, on hissera à ce moment-là. Orphée, amarre le coffre de la Toison près de mon hamac. Et amarre solidement. Et larguez cette barque qui nous retarde pour rien !

Silencieusement, l'*Argo* quitta son mouillage, sortit de la baie de Phasis, et disparut dans la nuit, abandonnant la barque de Médée qui dérivait toute seule.

— Prince Jason, dit Castor, nous n'avons à bord que trois jours de vivres et quatre jours d'eau.

— Je sais, répliqua Jason, mais préfères-tu avoir soif ou voir ta tête détachée de ton cou ?

Médée s'était assise sans façon sur le même banc qu'Atalante et avait saisi l'aviron, comme pour montrer qu'elle se considérait désormais comme

1. *Nager* a ici le sens de *ramer*.

une Argonaute et qu'elle entendait prendre sa part du travail commun.

— Pour ce qui est de la tête, dit-elle à mi-voix à Atalante, je te rassure tout de suite : en Colchide, on ne coupe pas la tête aux femmes.

— Voilà qui n'est pas très équitable, observa Orphée qui ramait derrière elles.

— On ne coupe pas la tête aux femmes, cela ne se fait pas, poursuivit Médée. On les emmure vivantes.

— Qu'est-ce que cette chose horrible ? murmura Atalante.

— On élève un mur circulaire, un peu comme une cheminée, autour de la condamnée, avec une petite fenêtre devant le visage, et on la regarde mourir de soif, de faim et d'épuisement. Et si c'est une grande coupable, on lui donne parfois charitablement un peu d'eau et de pain afin de faire durer ses souffrances plus longtemps

— Quelles mœurs exquises ! fit Orphée.

— Si cela peut te consoler, continua Médée, pense que si l'on nous rattrape, on me fera probablement survivre trois ou quatre fois plus longtemps que toi derrière mon mur. Moi, non seulement j'ai trahi mon père et mon frère, mais en plus, j'ai commis un sacrilège. J'ai volé la Toison sacrée alors que j'étais prêtresse du sanctuaire de Phryxos. Toi, tu n'es au fond qu'une obscure complice.

— Cela m'enlève un grand poids, dit Atalante.

Elle se pencha sous son banc et en retira deux morceaux de chiffon qu'elle donna à Médée.

— Tiens, enroule ça autour de tes mains ! Si tu continues à ramer avec tes blanches mains de princesse, tu ne pourras pas continuer bien longtemps. Et raconte-nous comment tu t'y es prise pour voler la Toison d'or alors qu'elle était gardée par quarante hommes.

Médée eut, comme malgré elle, un ingénu sourire de fierté.

— J'ai utilisé mes connaissances en pharmacie. Les prêtresses passent à tour de rôle la nuit au sanctuaire pour entretenir le feu sacré et offrir aux dieux des libations. Ce soir, c'était mon tour. J'ai demandé aux soldats de se réunir autour de moi pour la cérémonie de l'offrande du vin. Je leur ai dit que nous accomplirions ce soir un rite spécial dans lequel chacun doit boire dans la grande coupe de vin, dont le restant est ensuite répandu en offrande sur les pierres de l'autel. Vous imaginez qu'ils ont été tout à fait charmés de cette nouvelle cérémonie.

— Ce vin, demanda Orphée, vous l'aviez un peu... préparé ?

— Belladone, pavot somnifère, datura et jusquiame. Je voulais un effet narcotique puissant, mais un peu retardé.

— En effet, dit Atalante, cela aurait fait mauvaise impression si les premiers gardes s'étaient effondrés avant que les derniers n'aient bu.

— Puis, pour les entretenir dans de bonnes dispositions, j'ai brûlé des plantes à vertu soporifique sur le feu sacré. Beaucoup de datura et de stramonium, et du pavot aussi... Moi, je m'étais protégé le nez et la bouche avec des bandes de tissu cachées sous mon voile. Voilà, c'est tout simple. Quand ils ont tous été endormis, j'ai pris la Toison d'or, je l'ai cachée sous mon manteau et j'ai couru à cette barque qui m'avait amenée au sanctuaire et sur laquelle j'avais fait placer ce coffre sous prétexte d'y ranger des vêtements.

— Tu as volé un objet consacré à Zeus dont tu avais la garde. Tu ne manques pas d'audace, princesse ! déclara Orphée avec admiration.

— Je n'ai pas « volé » la Toison, répondit Médée. La légende de Phryxos et d'Hellé dit que la Toison d'or ira en Thessalie si un prince descendant de Phryxos en a besoin. Elle sera tout aussi sacrée et vénérée à Iolchos qu'à Phasis. Je ne cause aucun tort à Zeus.

— Tu en causes à ton père et ton frère, observa Orphée.

— Oui, Orphée ! Et sans regret. Eux, c'était ma vie qu'ils s'apprêtaient à dévaster.

Jason, ses ordres donnés, était venu se joindre aux rameurs.

— Combien de temps les soldats du sanctuaire vont-ils dormir ?

— C'est difficile à estimer. Certains sujets éliminent naturellement les drogues plus vite que les autres. Certains se réveilleront peut-être après une ou deux heures seulement de sommeil, c'est-à-dire, en ce moment. Mais ils doivent être un peu faibles et il leur faut regagner Phasis à pied pour donner l'alarme.

— Quand penses-tu que le roi Ætès apprendra le vol de la Toison ?

— Au petit jour, sauf malchance.

— Que fera-t-il ?

— Lui et Ælus seront furieux. Ælus mettra aussitôt à l'eau son navire de combat et s'élancera à notre poursuite.

— Ce bateau de combat est-il rapide ?

Médée hésita :

— Je pense que oui. Mais, par rapport à l'*Argo*, je ne saurais dire... Je ne m'y connais pas assez.

La voix de Typhis, qui suivait ces paroles depuis son poste à la barre, parvint jusqu'à eux :

— Ce navire, est-ce celui qui était remonté sur la plage, dans la crique, à droite du port, devant le palais ?

— C'est cela, le *Fer-de-Lance*.

— Prince Jason, annonça Typhis, c'est un vaisseau de soixante-dix rameurs, à la coque superbement profilée, armé d'un éperon d'acier de dix pieds, affilé comme une épée ! Il porte moins de toile que l'*Argo*. S'il y a du vent, nous devrions aller plus vite qu'eux. Mais si le vent nous lâche, le *Fer-de-Lance* va nous tomber dessus comme un canard sur un hanneton.

Jason demeura un instant songeur, puis reprit :

— Ton frère a des cavaliers, aussi ?

— Toute une partie de sa garde, dont je te parlais tout à l'heure, est à cheval.

— Il va les envoyer à notre poursuite en suivant la côte, dit pensivement Jason, afin de nous coincer quand nous nous arrêterons pour l'eau et la nourriture.

Il y eut un long silence chargé d'anxiété parmi les fugitifs. On n'entendait que le bruit cadencé des avirons. Il était une ou deux heures après minuit, un fin croissant de lune éclairait légèrement la mer. Typhis tentait de diriger l'*Argo* en se repérant sur l'étoile Altaïr, elle indiquait à peu près l'ouest à cette heure-ci. Il réajusterait le cap quand le soleil sortirait de l'horizon dans son dos.

Enfin, Castor demanda :

— Prince Jason, qu'allons-nous faire ?

Jason demeura un instant encore songeur, puis répondit :

— D'abord, naviguer hors de vue des côtes, cela évitera de faciliter la tâche aux cavaliers. Ensuite, nous répartir en deux équipes. Je veux un demi-équipage aux rames en permanence pendant que les autres se reposeront. Nous changerons toutes les deux heures. On ne peut pas ramer sans boire ni manger, il nous faut de la nourriture et suffisamment d'eau. Nous nous arrêterons à Sinope, le plus brièvement possible.

— Jason, objecta Atalante, Sinope est le premier endroit où ils vont nous chercher. Nous devrions choisir un port plus discret.

— Dans un petit port, l'avitaillement peut durer des heures. Il n'y aura pas assez de pain, il faudra emplir les barriques une par une... Sinope est un grand port, il y a des commerçants qui vendent de tout. Si l'on paie bien et qu'on leur demande de faire vite, en deux heures nous pourrons repartir. Ce qu'il faut, c'est prendre assez d'avance sur le *Fer-de-Lance*. De plus, dans les petits ports, nous nous exposons davantage aux pirates, nous n'avons pas besoin d'eux en plus.

Chapitre 20

LE *FER-DE-LANCE*

Au plus fort de la nuit, il n'y avait toujours aucun souffle de vent. L'équipe de Pollux aux rames essayait de maintenir une allure rapide. Ceux qui auraient dû dormir ne dormaient pas et surveillaient anxieusement l'arrière, cherchant à déceler une silhouette de navire. La lune s'était couchée mais le ciel était clair et la mer brillait légèrement. Jason avait pris le premier quart à la barre, Atalante se tenait debout près de lui pour scruter la route du navire ; dans ces circonstances, quatre yeux valent mieux que deux.

— Une chance pour nous, murmura Jason, les fonds sont sains. Il n'y a en principe pas de récifs par ici.

— Tout à l'heure, observa Atalante, tu as dit : « Si nous payons bien, les choses iront vite à Sinope... » Avons-nous encore de quoi payer ?

Jason, sans quitter son cap des yeux, eut un demi-sourire.

— Oui.

— C'est l'excellent Pélias qui s'est montré si généreux ?

— Mon bon oncle m'a aimablement remis une cassette contenant – en gros – de quoi amener l'*Argo* jusqu'à Marmara. Il espérait d'ailleurs sûrement que nous n'irions pas plus loin et que, ne pouvant plus manger ni entretenir le bateau, nous abandonnerions.

— Alors, d'où vient cette richesse ?

— Anthos et les amis de mon père savaient bien que l'expédition, faute d'argent, échouerait. Ils m'ont porté à bord, en secret, la nuit qui précédait notre départ, assez d'or pour assurer l'aller, le retour, et les imprévus. Donc, à Sinope, nous paierons à prix d'or s'il le faut les minutes qui nous sauveront peut-être du *Fer-de-Lance*.

Pendant trois journées, le soleil brilla avec force et, malgré les prières et les souhaits désespérés des Argonautes, le vent ne se leva que sous la forme d'un léger souffle qui ne durait que quelques heures. La voile se gonflait sans énergie, puis retombait. Toutes les chances de s'éloigner de Phasis reposaient sur les rames. Les Argonautes ramaient deux heures, dormaient deux heures, puis retournaient au banc de nage... L'eau était rationnée à une gourde par jour et par personne, à peine la moitié de ce qu'il aurait fallu. Chacun ne pouvait s'empêcher de penser sans cesse à sa soif. L'horizon était toujours vide derrière l'*Argo*, mais pour combien de temps encore ? Le vent et les dieux seraient-ils du côté d'Ælus ?

Le quatrième jour, enfin, un vent de nord-est se leva et l'*Argo*, toutes voiles gonflées, se mit à filer vers Sinope. Jason donna l'ordre de rentrer les avirons et recommanda à tous ceux qui le pouvaient d'aller dormir.

Pour Médée, songea Atalante en la contemplant endormie, il était temps. Elle avait obstinément voulu prendre tous ses tours de rame. Pâle malgré les brûlures du soleil, amaigrie et les yeux profondément cernés, elle était au bord de l'épuisement.

Typhis était à la barre, Jason près de lui.

— Crois-tu que nous creusons la distance avec le *Fer-de-Lance* ? interrogea Jason.

— Il ne faut pas se faire d'illusions. Eux aussi, ils avancent. Aujourd'hui, nous allons peut-être gagner deux ou trois heures sur eux. Mais pas dix. Et ils nous les reprendront dès que le vent mollira.

Le huitième jour, au petit matin, la rade de Sinope apparut enfin droit devant.

L'*Argo* se mit au mouillage devant le port, en eau peu profonde, sur deux ancres, à la limite de l'échouage, la proue dirigée vers le large, prêt à repartir. Avant même que les ancres ne soient jetées, Jason, Castor et Pollux avaient sauté à l'eau. Ils étalèrent de l'or sur les comptoirs et, en moins d'une demi-heure, une fourmilière de barques et de portefaix se forma entre la plage et l'*Argo*. Une caravane de barriques, de caisses de pain et de paniers de fruits secs. Pour aller plus vite encore, on débarqua les tonneaux vides et on mit les pleins à leur place. Ils firent aussi porter à bord des cordages neufs, des avirons de réserve, du fil et de la toile à voile. En quelques heures, l'avitaillement était terminé. La grande commodité dans les rapports avec les marchands et les gens de finance, c'est qu'ils ne posent pas de question. Les choses ont un prix, c'est tout.

On amarrait la dernière caisse quand deux enfants du port, perchés sur un rocher de la jetée, poussèrent des cris perçants :

— Un vaisseau de combat ! Au large ! Devant ! Un vaisseau de combat !

Un navire descendait sur Sinope toutes voiles dehors.

— Le *Fer-de-Lance* ! s'exclamèrent ensemble Typhis et Médée.

Au même instant, un autre gamin déboula sur la plage, au galop d'une mule trop grande pour lui :

— Une troupe de cavaliers ! Ils arrivent à bride abattue par la route de la côte ! Je les ai vus depuis la colline.

— Sont-ils loin ? demanda Jason.

— Pas plus d'une heure, du train où ils vont.

— Ils ont fait vite, dit Jason, ils font donner toutes leurs forces à leurs chevaux. Ils savent que c'est ici leur meilleure chance de nous arrêter. Tout l'équipage aux rames ! Il faut sortir de la rade avant de nous retrouver piégés dans cette baie !

Il lança une pièce au gamin à la mule :

— Merci de nous avoir prévenus.

L'*Argo* repartit au près serré, cap au nord, tout dessus et chaque rameur à son poste.

— Ce qui pourrait nous sauver, dit Typhis, ce serait un coup de vent qui nous permettrait de prendre le large et de nous cacher dans l'immensité de la mer Noire.

— N'y compte pas ! fit Jason en montrant le ciel désespérément bleu.

À quatre heures après midi, par vent de nord-est bien établi. L'*Argo* longeait la côte, remontant vers le cap Izar qui ferme la grande baie de Sinope. Le *Fer-de-Lance* était solidement accroché dans son sillage, à une distance qui, à terre, correspondrait à mille pas, estimaient Jason et Typhis.

L'*Argo*, grâce aux voiles dessinées par l'ingénieur Argos était le plus rapide mais, si le vent mollissait, le bateau d'Ælus reprendrait l'avantage par la terrible puissance de ses rameurs. Et le vent mollirait inéluctablement à la fin de la journée.

Sur les deux navires, on avait parfaitement conscience de ces réalités.

Si l'*Argo* parvenait à franchir en tête la pointe de l'Izar, il pourrait abattre bon plein de l'autre côté, vers le large, la rive occidentale de la mer Noire et le Bosphore, et, à la faveur de la nuit, peut-être échapper à la vue de son adversaire et s'en éloigner assez pour n'être plus visible le lendemain. L'attention entière des Argonautes se portait sur le rocher pointu qui marquait la pointe de ce cap, qui serait leur perte ou leur salut.

À terre, le vent soulevait par moments un nuage de poussière. Les cavaliers d'Ælus. Une autre chose était claire, songeaient les Argonautes en tirant sur leurs rames, s'il y avait combat sur l'eau et que certains tentaient d'échapper aux égorgeurs du *Fer-de-Lance* en gagnant la côte à la nage, ils y seraient reçus comme il le fallait.

Deux heures plus tard, le vent sembla se renforcer encore et l'on aperçut enfin nettement la pointe du cap Izar. Le *Fer-de-Lance* modifia alors sa direction : il se laissa descendre par rapport au vent comme s'il voulait se placer entre la côte et l'*Argo*.

— Qu'est-ce qu'il lui prend ? interrogea Typhis.

— Tactique de combat, répondit Jason. Il se prépare à l'attaque. Il sait que le vent qui nous avantage en ce moment va faiblir dès que le soleil baissera. À ce moment-là, il donnera toute sa puissance de rames pour nous aborder et il éperonnera l'*Argo* du côté sous le vent. C'est le plus sûr moyen pour lui de nous rejoindre et de nous couler.

Jason demeura un instant silencieux et demanda soudain :

— Typhis ! Combien de temps va tenir encore ce vent ?

— Une heure environ, guère plus.

— Et quel temps nous faut-il pour arriver à la pointe de l'Izar ?

— Une heure aussi.

— Une heure de vent, une heure de route... Mes enfants, ayez confiance ! Ælus vient de prendre un risque dont peut-être il ne reviendra pas. Écoutez-moi et, le *Fer-de-Lance*, nous allons en faire du petit bois !

Jason observa encore le navire à l'éperon acéré qui menaçait sous le vent :

— Mes amis, tenez l'effort aux rames, donnez tout ce que vous avez pendant une heure encore ! Typhis, mets le cap sur la pointe de l'Izar ! Pas au-dessus ! En plein dessus, je te dis ! Comme si tu voulais t'écraser contre. Ne triche pas, ne dévie pas !

— Prince Jason, tu es fou ! Le vent va refuser et gagner en force près du cap ! C'est sûrement pourri de récifs, là-bas ! Sans parler des courants...

On va s'écraser sur les rochers. Ælus n'aura qu'à se baisser pour hacher menu ce qui restera de nous.

— Fais ce que je te dis ! Fais route droit sur les rochers ! Et nous verrons qui finira en hachis ! Ces récifs et ces courants sont notre chance. Tu vois bien que le *Fer-de-Lance* est déjà presque trop bas pour passer le cap. Et nous allons l'amener plus bas encore. Il ne passera jamais mais nous passerons. Parce qu'Argos a conçu notre navire de telle sorte qu'il puisse serrer le vent plus près que n'importe quel autre bateau. Si Ælus savait cela, il virerait de bord tout de suite et irait se recaler en sécurité au large. Mais il lui faudrait accepter de perdre une ou deux heures sur nous, et prendre le risque de nous perdre de vue cette nuit. S'il veut engager le combat, il va nous suivre. S'il voit que nous passons, il va croire qu'il peut passer aussi, son bateau doit être l'un des meilleurs de la mer Noire... Je sens qu'il veut le combat. Il le veut vraiment !

Typhis, très pâle, dirigea l'*Argo* droit vers les rochers de l'Izar. Et véritablement, comme Jason l'avait pressenti, le *Fer-de-Lance* suivit. Depuis l'*Argo*, on pouvait distinguer les vagues se briser sur les rochers à fleur d'eau.

« Nous sommes fous, pensa Atalante, mais eux plus fous encore. Que les dieux nous protègent ! »

Près de la pointe du cap, comme prévu, le vent refusa en direction et monta en force. Des rochers tranchants et noirs affleuraient la surface à quarante pas à peine de l'*Argo*.

— Maintenant ! cria Jason. Bordez la voile à plat ! Typhis, serre le vent autant que tu le peux ! Commence à t'écarter des rochers ! Les rameurs, c'est le moment : donnez tout ce que vous pouvez !

L'*Argo*, puissant, équilibré, discipliné, s'appuya sur la vague, s'assura dans son cap et, enfin, s'écarta de la zone des récifs.

Au même instant, le *Fer-de-Lance*, au pied des falaises, était entré dans la zone des écueils. Comprenant enfin le danger immédiat, il tenta précipitamment de virer de bord. Mais plusieurs des avirons bâbord s'engagèrent dans les récifs et firent manquer le virement. Le navire demeura quelques instants indécis, face au vent, dérivant, s'efforçant de dégager les avirons coincés. Et tout s'enchaîna en quelques secondes : une forte vague déporta soudain le bateau sur le côté, comme un crabe. Les avirons cassèrent net. On entendit le bruit du bois brisé jusque sur l'*Argo*. Le *Fer-de-Lance*, privé de direction, pivota sur le sommet d'une vague et, avec un craquement brutal, s'empala sur les rochers. Sur lesquels il demeura accroché, éventré, et ballotté par les vagues. Rameurs et gardes tentaient de rejoindre, tant bien que mal, la côte à la nage.

« C'est effrayant ce que cela va vite de perdre un bateau » avait dit un jour Eskandéros. Atalante se souvint de cette phrase.

Hors le bruit des rames, le silence s'était fait à bord de l'*Argo*.

— Typhis, ordonna enfin Jason, c'est toi qui as raison, cet endroit est malsain ! Virons de bord et éloignons-nous. C'est trop risqué de naviguer si près des falaises.

Le cap franchi, comme attendu, le vent tomba. L'*Argo* naviguait à petite vitesse, plein ouest, droit vers le soleil couchant qui semblait une boule orange posée sur l'horizon. Objectif : retrouver l'entrée du Bosphore.

Chapitre 21

Journal de bord d'Atalante

L'île de Chios

10e jour de mer depuis notre départ de Phasis. Vent de nord, favorable. Cap plein ouest. Aucun repère terrestre visible. Nous reprenons les rames dès que le vent faiblit.

« — Pas question de s'attarder en mer Noire, a ordonné Jason. Rien ne prouve que le *Fer-de-Lance* ait été seul à nos trousses. Et ils savent où nous trouver : à l'entrée du Bosphore ! »

Le cercle de l'horizon, autour de nous, est net de toute silhouette de navire.

18e jour. Midi. La côte thrace est en vue, une ligne sombre à l'horizon ouest. Il ne nous reste qu'à repérer l'entrée du Bosphore.

« — Nous mettons en panne, a commandé Jason. Affalez la voile, nous attendrons ici à la dérive. »

Cinquante regards incrédules se sont posés sur lui : nous nous hâtons autant que nous le pouvons depuis la Colchide...

« — Supposons qu'un autre bateau du roi Ætès nous attende là-bas, a continué Jason, un bateau qui n'aurait pas fait le détour de Sinope et qui aurait eu un meilleur vent que nous. Là où nous sommes, nous ne voyons que le haut des collines, il ne peut donc pas nous voir. Nous allons attendre la nuit pour approcher davantage. Il faut qu'au lever du jour, nous soyons déjà engagés dans le Bosphore. Ils ne nous verront pas venir et, avec de la chance, ils ne nous verront même pas passer. »

Typhis a pris la parole :

« — Dans le Bosphore, nous aurons le courant avec nous. Cela ne veut pas dire que nous devons nous laisser porter comme un morceau de bois. Pour que l'*Argo* obéisse à la barre, il doit avoir une vitesse propre par rapport à l'eau. Il faudra donc ramer à cadence soutenue durant toute la descente. Et être très vigilants. La vitesse du courant et celle du bateau s'additionnant, si un obstacle se présente, nous n'aurons pas beaucoup de temps pour penser. »

Une heure après le coucher du soleil, le vent est tombé. Nous repartons à la rame vers la côte.

19ᵉ jour. Aube. Le ciel pâlit un peu derrière nous. La côte apparaît, grisâtre. Nous sommes en retard. Le jour va se lever et nous ne sommes pas entrés dans le détroit.

« — Un danger contre un autre, a estimé Typhis, nous risquons moins d'aller dans les cailloux. »

Il fait maintenant tout à fait jour. Le Bosphore nous avale et le courant nous emporte. Nous ramons à forte cadence. Typhis garde l'*Argo* bien au milieu du détroit. La côte défile avec une vitesse magnifique. Rien n'a bougé près des berges. Aucun navire ne se montre.

« — Peut-être, finalement, n'y avait-il personne, ai-je dit à Jason.

— Peut-être, mais nous n'en serons sûrs qu'une fois sortis de l'Hellespont. »

Midi. Vent arrière bien établi. Voile et rame. Très belle vitesse. Toujours personne en vue.

Fin de la journée. On aperçoit la sortie du détroit et la mer de Marmara. J'ai le dos brisé et les bras comme du bois, néanmoins, je dis que le Bosphore est plus facile à descendre qu'à remonter.

20ᵉ jour. Quatre heures après minuit. Mouillage à l'île Chalki, mais pas question de dormir. Il faut embarquer l'eau et les vivres, et repartir.

« — Si un bateau d'Ætès nous surprend au mouillage, dit Jason, il ne leur faudra qu'un court moment pour transformer l'*Argo* en torche flottante.

— Pensez-vous, a demandé Orphée entre deux bâillements, qu'ils prendront le temps d'emmurer vives Atalante et la princesse Médée ?

— À savoir, dit Castor, s'ils ont un peu de temps devant eux, pourquoi pas ? »

Visage étonné des habitants de Chalki, réveillés pour un avitaillement avant le lever du jour. Mais, en commerçants sensés, ils ne nous contrarient pas. Même fou, le client a raison.

24ᵉ jour. Vent de nord-est bien établi qui nous emmène tout droit vers l'île de Marmara. Il n'est même pas besoin de ramer. Je retire tout ce que j'ai pu dire de désagréable à propos du vent de nord-est lors du voyage aller.

26ᵉ jour.

« — Nous arrêterons-nous à Marmara ? ai-je demandé à Jason.

— Comme à Chalki, le temps de refaire le plein d'eau douce et d'acheter à manger.

— L'*Argo* a besoin d'être arrêté. Si l'on ne refait pas l'étanchéité, il va bientôt prendre l'eau.

— Je le sais. Mais je veux profiter de ce vent favorable pour franchir encore l'Hellespont. Nous ferons escale en mer Égée, il y a plus de cent îles, ils pourront toujours nous chercher. »

28e jour. Île de Marmara. Mouillage et avitaillement. Je n'ai pas eu le temps d'aller saluer mes amies, les dames du hammam.

32e jour. Entrée dans l'Hellespont. Le vent tombe, nous reprenons les rames mais avec le courant favorable, l'effort n'est guère insurmontable.

36e jour. Enfin la mer Égée ! C'est-à-dire, chez nous.

« — Cap plein sud ! a commandé Jason. Si les hommes d'Ætès sont derrière nous, ils doivent bien se douter que notre bateau a besoin d'être calfaté[1] et ils nous chercheront d'abord dans les îles qui se trouvent sur la route directe d'Iolchos : Samothrace ou Lemnos... Plus rien ne nous presse désormais, nous allons à Chios, ils n'imagineront pas que nous nous soyons déroutés jusque-là. »

46e jour. Mouillage au port de Chios. Nous échouons l'*Argo* au ras de la plage. Je n'aurai qu'une seule question : « Où est le hammam ? »

1. Calfater : terme de marine, travail qui consiste à rendre la coque étanche.

50ᵉ jour. Le bateau a été remonté au sec. Nous avons commencé à gratter la coque et en ôter les algues et les coquillages. Il était bien temps qu'on s'occupe de lui. Notre bel *Argo* a pris beaucoup de coups pendant ce retour. Autour des marques de choc, les fibres de bois brisées se sont gonflées d'eau. Nous ponçons chaque zone abîmée avant de la laisser sécher au soleil. Quand l'endroit est bien sec, on y passe plusieurs couches de résine. Il faut aussi changer les cordages et refaire les épissures. Enfin, avec de l'étoupe et du bitume, on rendra à la coque son étanchéité.

Chios est une grande île, un port important avec beaucoup de passage. Il y a un grand hammam réservé aux femmes mais il n'est pas aussi chaleureux qu'à Marmara, les baigneuses sont nombreuses et souvent pressées. Médée et moi n'avons pas noué de connaissances. Mais ce qui importe, c'est de pouvoir enfin se laver à l'eau douce, chaude de surcroît, et en usant de produits parfumés.

Médée a souffert pendant ce voyage. Des creux se sont formés au-dessus de ses clavicules, ses yeux sont cernés, on dirait un chaton perdu. Elle a eu terriblement soif avant Sinope, mais elle ne s'est jamais plainte et elle a eu à cœur de prendre tous ses tours de rame. Ses mains sont pleines de gerçures et de crevasses. Elle a les bras, le cou et le visage brûlés par le sel et le soleil. Au hammam, quand elle se regarde, elle rit de son aspect :

« — N'est-il pas honteux, alors que je suis censée savoir soigner les autres, de m'être mise dans un état pareil ? »

Néanmoins, elle a apporté avec elle, outre le coffre de la Toison d'or, une cassette contenant les fioles et les flacons qui se trouvaient dans « sa deuxième chambre » à Phasis. Elle s'est composé des baumes qui l'ont soulagée de ses plaies et de ses brûlures. Et le repos, des repas normaux et les soins de beauté quotidiens au hammam lui ont rapidement rendu son énergie.

Alors, elle a commencé à se rapprocher de Jason.

Je n'en ai pas été surprise un instant.

Depuis Phasis, je savais que cela arriverait. Depuis la minute où elle a voulu savoir avec tant d'insistance si Jason était mon fiancé.

Cela a commencé par des conversations en particulier, d'abord quelques mots, puis de longs échanges. Ensuite, ils ont disparu ensemble pendant des journées entières. J'ai compris pourquoi Jason avait choisi cette île de Chios pour y faire halte : c'est ici que ses parents, Éson et Alcimède, ont trouvé refuge après avoir quitté la Thessalie. C'est ici aussi qu'ils sont morts. Accompagné de Médée, il a recherché les anciens voisins et amis capables de lui raconter les années d'exil de ses parents.

Je me demande si Pélias a l'intention de tenir son engagement de se retirer. S'il veut rester, j'imagine qu'il aura bien des difficultés face à Jason victorieux, maintenant épaulé par cette Médée à la volonté de fer.

Les Argonautes observent avec beaucoup de curiosité, et encore plus de naïveté, cette idylle naissante. Tout le monde a vu Médée et Jason se tenir par la main et, assez rapidement, chacun a pu les apercevoir en train de s'embrasser. Puis, un soir, à la fin du repas, Jason, avec une certaine solennité, a tenu ce discours :

« — Mes amis, dans quelques jours l'*Argo* sera en état de reprendre la mer. Nous rapportons la Toison d'or mais je ne sais pas comment nous serons accueillis à Iolchos. Peut-être en héros. Ou alors, connaissant la fourberie de mon oncle, en ennemis et fauteurs de guerre civile. Mais je voudrais vous annoncer ce soir que la princesse Médée a accepté de devenir mon épouse, que mon avenir soit d'être roi de Thessalie ou chef d'une petite bande de rebelles ! »

Médée, rougissante, baissait les yeux comme il convient à une fiancée timide. Et dire que c'est la même qui a endormi quarante soldats et volé la Toison d'or...

Jason a toujours eu un beau style pour les discours. Les Argonautes ont applaudi à tout rompre. Il faut dire qu'ils sont un public facile. Et puis, ils sont comme mes mères adoptives, les nymphes de l'Arcadie : ils adorent les histoires d'amour.

Premier jour de la dernière étape de notre voyage. Nous sommes restés en tout sept semaines à Chios. Vent de nord-est. Nous quittons l'île par le sud, puis nous mettrons le cap sur Iolchos.

4e jour. Vent du nord, assez faible. Nous ramons pour soutenir la voile.

9e jour. Escale à l'île de Skiros. La baie bien fermée forme un mouillage agréable, abrité de la mer. C'est dans une boutique du port que nous entendons pour la première fois cette rumeur : le roi Pélias serait malade.

« — Quelle sorte de maladie ? a demandé Jason.

— De la sorte dont on meurt, a répondu le marchand. »

Nous sommes perplexes. Vraie ou fausse nouvelle ?

« — Je crois, a décidé Jason, que nous ne devons pas prendre le risque de rentrer à Iolchos sans nous informer. Pélias est peut-être déjà au courant de notre retour. Depuis Chios, la nouvelle a pu s'ébruiter. S'il décide de nous traiter en ennemis, nous serons pris au piège dans la rade. Il faut jeter l'ancre dans un mouillage extérieur à la baie, et quelques-uns d'entre nous iront à pied voir ce qui se passe à Iolchos et ce qu'il en est de cette maladie.

— Je propose Nimis, a dit Typhis, c'est un mouillage de pêcheurs, en eau profonde, à une demi-journée de marche de Iolchos. »

14e jour. Vent d'ouest presque contraire. Nous progressons lentement.

19e jour. Nous jetons enfin l'ancre dans la discrète crique de Nimis. Typhis a vu juste, c'est un abri sûr et discret. Nous sommes allés à terre reconnaître le chemin. Un sentier suit la côte, puis s'enfonce dans les terres en direction d'Iolchos.

« — J'irai demain à Iolchos avec Castor et Pollux, a annoncé Jason.

— Prince Jason, a objecté Castor, je te demande pardon mais c'est idiot ! Si comme tu le crains, Pélias veut la bataille, il n'aura qu'à te faire cueillir par ses gardes pour vagabondage. Tu disparaîtras – et nous avec – dans un cul-de-basse-fosse, et personne à Iolchos ne saura jamais que le prince Jason est revenu après avoir conquis la Toison. Nous irons seuls, Pollux et moi. On ne nous connaît pas. Nous irons voir ton ami Anthos. »

À cet instant, Pollux, monté sur un rocher, a annoncé :

« — Un cavalier ! »

En effet, un cavalier à cheval descendait au galop le chemin d'Iolchos.

« — Il vient vers nous, a continué Pollux, une main posée au-dessus des yeux. On dirait qu'il nous fait signe... Par Apollon, qu'il monte mal ! Il est secoué comme un sac de navets... Par tous les dieux, c'est Argos lui-même !... »

C'était bien l'ingénieur Argos qui est, en quelque sorte, tombé de son cheval dans nos bras.

« — Mes enfants ! Vous êtes donc de retour ? J'étais là-haut sur la colline, vous savez, je possède un herbage avec des moutons. C'est bientôt l'époque de l'agnelage, j'allais rendre visite à mon berger... Et soudain, je vois un bateau à l'ancre dans l'anse de Nimis... Ce n'est pas possible, ai-je songé, c'est mon *Argo* !... Pourquoi vous êtes-vous arrêtés ici, les enfants ? L'*Argo* aurait-il une avarie ? Et la Toison d'or, l'avez-vous ?

— Rassurez-vous, cher Argos, a répondu Jason, l'*Argo* se porte à merveille et n'a aucune avarie. Et nous avons la Toison d'or... Nous nous sommes arrêtés ici parce que nous ne savons pas comment Pélias va nous recevoir.

— Rentre sans crainte, mon petit... Enfin, je devrai bientôt dire : roi Jason !... Pélias t'attend comme son fils. Il est malade. Sa crainte était de mourir avant que tu ne reviennes. »

Chapitre 22

La rade d'Iolchos

Le lendemain, l'*Argo* toutes voiles dehors et plein vent arrière, entra dans la rade d'Iolchos. L'ingénieur Argos avait amplement annoncé la nouvelle et tous les navires du port, de la barque à la trirème, étaient venus à sa rencontre. Les habitants qui n'avaient pas pu trouver de place sur les bateaux attendaient sur les plages et les jetées. Les Argonautes débarquèrent en triomphe. La Toison d'or fut transportée en grande solennité au temple de Zeus et confiée aux prêtres.

Pélias ne se trouvait pas au débarcadère. Il n'assista pas non plus aux cérémonies au temple de Zeus. Mais il avait envoyé un messager à Jason : il se sentait trop las pour demeurer debout plus de quelques minutes, il priait son neveu de venir au palais dès qu'il le pourrait.

Pélias, pour recevoir les Argonautes, s'était levé et avait revêtu un manteau de fête. Une maquilleuse lui avait mis un peu de fard aux joues pour qu'il paraisse moins pâle. Il s'était déplacé jusqu'à la salle d'audience et s'était laissé tomber sur le fauteuil d'apparat. Ce simple effort avait suffi à le fatiguer.

— Je suis sincèrement heureux de te voir de retour Jason. J'attendais...

Mais un accès de toux le força à s'arrêter.

Jason et les Argonautes étaient stupéfaits. Quelques mois plus tôt, Pélias était un homme solide, à la voix forte, ayant en lui toute l'arrogance que donnent la fortune et l'habitude du pouvoir. Ils avaient aujourd'hui en face d'eux un pauvre homme épuisé, tragiquement maigre, qui devait fournir un effort visible pour se tenir droit et reprendre son souffle.

— Je te félicite pour ton succès, mon neveu, put enfin achever Pélias.

Jason demeurait interdit. Il s'était préparé à affronter son oncle la tête haute, en vainqueur, à revendiquer haut et fort sa place sur le trône d'Iolchos, à prendre les armes s'il le fallait... Mais devant cet homme si affaibli, il ne savait que dire. Un sourire narquois passa sur le visage de Pélias ; l'espace d'un instant, on reconnut l'ancien Pélias.

— Eh bien, demanda-t-il, tu n'as rien à me dire ?

Il fit signe à Jason d'approcher :

— Viens plus près. Parler fort me fatigue et me fait tousser.

Jason s'assit à son côté et Pélias poursuivit à voix presque basse, pour épargner son souffle et parce que ce qu'il avait à dire à son neveu ne concernait qu'eux :

— Quand je dis que je me réjouis de ton retour, c'est avec sincérité. Cette maladie règle tout entre nous. Après tout, ce sont peut-être les dieux qui l'ont voulu ainsi... Tu as la Toison, c'est très bien ! Personne ne pourra contester ton droit à régner. Si tu le veux, je peux me retirer demain, mais, si tu me crois...

Il baissa encore la voix et se pencha plus près de Jason :

— ... Si tu me crois, laissons faire la nature. Ce ne sera plus bien long maintenant. Alors tu me succéderas en douceur. Tu sais, notre Iolchos est une petite chose fragile, imaginative, prompte à s'émouvoir. Les vieux démons s'y réveillent vite et les passions s'y enflamment comme du bois sec. Je ne voudrais pas que mon règne s'achève et que le tien commence dans le trouble et la violence.

— Tu as raison, mon oncle Pélias, dit Jason avec fermeté. Laissons faire les dieux et la nature. Et après tout, ce n'est peut-être qu'une mauvaise passe. Tu vas sans doute te porter mieux bientôt...

Pélias, malgré sa fatigue, eut un regard goguenard :

— Tu es gentil. Tu parles comme mes médecins qui m'annoncent toujours une amélioration pour bientôt. Mais, tu vois, ces derniers temps, quand ils me parlent de guérison ou de rémission, ils évitent de me regarder en face, ils contemplent le plafond de la chambre ou l'horizon de la mer.

Pélias ferma les yeux et appuya sa tête au dossier du fauteuil.

— Il y a une autre chose encore que je voulais te dire. Quand je t'ai vu pour la première fois, tu m'as tellement rappelé mon frère que j'en ai été bouleversé. J'ai beaucoup réfléchi depuis ton départ : je l'aimais, Éson, et il m'a manqué toute ma vie. Mais, peut-être, si j'avais à nouveau vingt ans et que j'éprouvais cette terrible indignation contre le sort qui m'a fait naître le second, je recommencerais... Je ne sais pas... En tout cas, ces dernières semaines, je me suis souvent maudit de t'avoir poussé dans cette aventure. Je suis heureux que tu sois revenu.

Quelques jours plus tard, les médecins ordonnèrent que Pélias soit transporté dans sa villa du bord de mer. On espérait qu'il y respirerait plus librement. Jason s'installa au palais. Ainsi, petit à petit, les attributs du pouvoir passaient dans ses mains.

Médée eut bientôt sa place au chevet de Pélias. Elle était habitée par la passion de soigner et avait un désir réel de soulager son malade. Elle se lia d'amitié avec les médecins et les deux filles de Pélias, Èla et Émis. Elle les rassurait tous. Elle fut vite indispensable. Et réellement, ses soins apportèrent des soulagements à Pélias. Avec elle, il respirait mieux, souffrait moins et dormait parfois plusieurs heures à la suite.

Elle s'entretint un jour avec Sertus, le premier médecin, dans la pièce voisine de la chambre de Pélias :

— Sertus, Pélias est d'une grande pâleur, son pouls bat de façon précipitée, un minime effort l'essouffle. Tous ces symptômes évoquent pour moi un manque de sang.

— Je le pense aussi, dit Sertus, mais qu'y faire ?

— Pourquoi ne pas lui donner ce qui lui manque ?

— Une transfusion de sang ? interrogea Sertus, effrayé. Nous n'avons jamais fait cela à Iolchos ! Chez qui prendrions-nous le sang ?

— Chez son plus proche parent, répondit Médée.

— Alors, ce sera moi ! déclara Èla, l'aînée des deux filles, qui se tenait derrière eux. Est-ce que cela me fera mal ?

— Pas plus qu'une petite blessure, dit Médée. Et une certaine fatigue pendant quelques jours.

— Est-ce que mon père en sera soulagé ?

— Je le pense.

— Si cela est, je veux bien tout de suite.

D'abord, Pélias refusa tout net. Il ne voulait pas entendre parler d'une pareille folie. Il entendait se battre seul contre son mal. Mais Èla insista en pleurant. Médée et Sertus, maintenant séduit par l'idée, répétèrent qu'Èla ne risquait rien et qu'elle n'aurait que très peu de désagrément. Pélias finit par céder parce qu'il était trop las pour discuter et parce qu'il lui était difficile de décourager tant de dévouement.

Èla s'allongea sur un lit dressé plus haut que celui de Pélias afin que le sang s'écoule naturellement. Médée lia par une courroie le bras gauche d'Èla au bras droit de Pélias afin qu'aucun geste maladroit ne puisse arracher le dispositif. Elle flamba une aiguille d'argent, percée en son centre d'un minuscule tuyau. Puis, d'un geste rapide et précis, elle glissa l'aiguille dans une veine du coude d'Èla. Èla ferma les yeux et ne broncha pas. Médée relia cette aiguille par un mince tube de soie à une autre aiguille identique placée au coude de Pélias. Dans un grand silence, on laissa pendant quelques minutes le sang s'écouler. Puis, Médée lia la tubulure et ôta les aiguilles.

L'amélioration fut spectaculaire. Dès le lendemain Pélias put se lever. Il retrouva même assez de force pour marcher jusqu'à la mer. Èla rayonnait. Médée et Sertus étaient enchantés de ce succès. Mais la rémission ne dura qu'une dizaine de jours. La lassitude et l'essoufflement revinrent et, à nouveau, Pélias ne put plus quitter son lit.

C'est alors que la fille cadette, la petite Émis intervint :

— Je veux, moi aussi, donner de mon sang à mon père.

Médée et Sertus hésitèrent : était-il bon de prélever du sang chez une enfant qui n'avait pas terminé sa croissance ? Et Pélias retrouva de son autorité passée pour interdire formellement cette deuxième expérience.

— Père, dit la petite Émis, si tu refuses, je croirai que tu aimes Èla plus que moi.

Pélias, un long moment, demeura songeur, puis dit enfin :

— Si vraiment tu dois croire cela, alors j'accepte.

Mais un moment plus tard, il saisit Sertus par le bras et le serra avec une force qui étonna le médecin.

— Ne lui en prends que très peu, dit-il à mi-voix, et ne reviens jamais ensuite nous parler de cette espèce de boucherie !

— C'était mon intention, ô roi Pélias, murmura le médecin.

Émis s'allongea et tendit le bras. Elle était pâle et son cœur battait à grands coups mais elle était fière de son acte. Médée glissa les aiguilles avec autant d'habileté que la première fois et on laissa très doucement le sang passer. Il ne s'écoula que quelques secondes : Pélias soudain s'agita anxieusement, il devint plus pâle encore qu'il ne l'était quelques minutes plus tôt, il eut deux ou trois rapides mouvements convulsifs, puis il poussa un profond soupir et ne bougea plus. Médée retira précipitamment les aiguilles tandis que Sertus cherchait avec fébrilité son pouls.

Ils se regardèrent : Pélias était mort, tué en quelques secondes par ce sang étranger.

— Que s'est-il passé ? demanda Médée.

— Je ne sais pas, répondit Sertus, consterné. Je ne comprends pas...

Chapitre 23

Bien des choses restent à étudier...

Encore un matin sur le bord de l'Ita.

Élos et Kita n'auraient plus su dire depuis combien de temps ils étaient là. Les deux jeunes centaures s'ennuyaient comme ils n'auraient pas cru qu'on puisse s'ennuyer. Mais les ordres de Chiron avaient été clairs : « Vous attendrez à la berge de l'Ita le retour de Jason et d'Atalante, et vous leur viendrez en aide s'ils en ont besoin. »

Ils s'ennuyaient à périr mais il ne leur serait jamais venu à l'idée de déserter leur poste.

Élos, espérant y trouver un peu de distraction, se jeta à la rivière, se roula dans l'eau, s'ébroua, et demeura un moment allongé sur le fond de cailloux. Il observa la hauteur du soleil et calcula avec mélancolie qu'il ne devait pas être plus de neuf heures... Encore une journée qui allait mettre une éternité à passer...

Zapp ! Splash ! splash !...

Une flèche siffla au-dessus de sa tête et deux pierres lancées de la berge lui envoyèrent une gerbe d'eau au visage. D'un saut, il se remit sur ses jambes et chercha, l'œil menaçant, d'où était partie cette attaque. Un éclat de rire vint de la rive. Atalante, perchée à dix pieds du sol sur un arbre de la berge, son arc à la main, riait joyeusement.

Les deux centaures s'approchèrent, l'air soupçonneux, mais sentant frémir en eux l'espoir que cette interminable attente allait peut-être prendre fin.

— Et alors, demanda Élos, où est ton ami ? A-t-il besoin de notre aide, ou non ?

— Mon ami, répondit Atalante, est à Iolchos. Il a fermement remis sur sa tête la couronne de son père. Il va se marier avec une princesse de Colchide qui a eu le bon goût de voler pour lui la Toison d'or à son propre père. Elle a aussi un étrange passe-temps qui consiste à vider les gens de leur sang pour en reremplir ensuite une autre personne. Et moi, j'ai envie de rentrer en Arcadie chez mes mères et de reprendre – un temps – une vie normale. Pour commencer, j'ai un peu envie de courir. Que diriez-vous d'un petit défi, par exemple, jusqu'à ce col qu'on voit là-bas ? La route qui ramène chez nous... Soyez gentils, laissez-moi un peu d'avance, j'ai perdu tout entraînement. Sur un bateau, les bras travaillent sans cesse, mais les jambes deviennent paresseuses...

Sans attendre leur réponse, Atalante sauta au bas de son arbre, s'assit par terre, défit ses sandales, et se lança à travers le gué. Élos et Kita la regardaient faire, perplexes.

— Eh bien, demanda enfin Kita, que faisons-nous ?

Élos le regarda un instant de côté. Son œil brilla d'amusement :

— Ce que nous faisons ? Tu as envie de laisser cette fille arriver la première au col ?

Et les deux centaures s'élancèrent à leur tour gaiement à travers l'eau de l'Ita.

De retour en Arcadie, Atalante se rendit à la grotte du centaure Chiron. Elle lui fit le récit de l'aventure de l'*Argo*, le plus beau bateau qu'on puisse rêver, et de la belle amitié qui avait uni les Argonautes.

— Crois-tu, ô Chiron, demanda Atalante, que nous avons eu tort de nous emparer de cette Toison sacrée volée et de prendre la fuite comme des brigands ?

— Vous n'aviez pas le choix, dit Chiron. Vous ne pouviez pas prévoir que vous trouveriez une situation aussi explosive au sein de la famille royale de Phasis. Médée a saisi sa chance au vol. À partir du moment où elle a apporté la Toison d'or à bord de l'*Argo*, vous n'aviez plus d'autre possibilité que celle de partir au plus vite. Jason aussi a saisi sa chance aux cheveux. Mais que compte-t-il en faire maintenant ? La restituer au roi Ætès ?

— C'est une décision qui n'était pas prise quand j'ai quitté Iolchos et qui, à mon avis, n'est pas près de l'être. Jason souhaite la renvoyer en Colchide. Médée s'y oppose. Elle prétend que la Toison d'or est sa dot. Elle dit que la légende permet clairement de déplacer la Toison en Thessalie, où l'on honore Zeus aussi bien qu'en Colchide. Jason a confié l'affaire à un collège de prêtres qui passent des journées entières à décortiquer cette légende. Cela peut prendre des années.

— Médée a-t-elle le désir de renouer des liens avec sa famille ?

— Je crois que si elle s'oppose si fort à la restitution de la Toison, c'est pour étouffer toute chance de réconciliation. Je pense aussi que Jason n'est pas pressé d'envoyer un messager à Phasis. Après le vol de la Toison et le naufrage du *Fer-de-Lance*, il n'est pas sûr qu'Ætès et Ælus accueillent celui-ci avec des clameurs de bienvenue.

Il y eut un silence. Atalante songeait maintenant à Pélias.

— Sais-tu, ô Chiron, de quelle maladie était atteint Pélias ?

— Tu m'as dit qu'il était très amaigri ?

— Considérablement. Quand nous avons quitté Iolchos, c'était un homme large et robuste, à la voix puissante. À notre retour, on eût dit une ombre. Ses muscles avaient comme disparu. Et il ne pouvait plus rien dire sans tousser.

— Le mal de poitrine et les tumeurs malignes sont des maladies qui épuisent ainsi la substance humaine. Mais il y en a bien d'autres. Et, sans l'avoir examiné, je ne puis pas dire grand-chose.

— Avais-tu déjà entendu parler de pareilles expériences de transfusion de sang ?

— Plusieurs fois. Le sang apparaît comme la substance vitale par excellence. Quand un blessé meurt d'hémorragie, la vie s'en va avec le sang. La tentation est donc grande pour le thérapeute, face à un malade qui s'épuise, de redonner un peu de vie en redonnant un peu de sang.

— Comment expliques-tu que la première tentative, celle avec le sang d'Èla, la fille aînée, ait en effet rendu pour un temps de la force et de la vie à Pélias, alors que la seconde, avec le sang d'Émis, la cadette, l'a tué en quelques instants ?

— Quand on observe, dans des vases transparents, le sang prélevé sur deux personnes différentes, à l'œil, ils sont semblables. Mais, enfermé dans son système d'artères et de veines, le sang a d'étonnantes capacités. Comme les hommes, il est capable d'amour et de désamour. Mis en présence d'un sang étranger, il peut le reconnaître, en quelque sorte, comme un frère. Mais parfois, au contraire, le combattre comme un ennemi. C'est ce qui est arrivé à Pélias.

— Peut-on savoir à l'avance si deux sangs vont accepter de se mélanger ou s'ils vont se combattre ?

— On ne le sait pas. On présume que les sangs de deux frères, ou d'un parent et d'un enfant, vont se tolérer. Ne dit-on pas de ces personnes qu'elles sont « de même sang » ? Mais ce qui s'est passé entre Pélias et ses deux filles montre que ce n'est pas toujours vrai.

Chiron hocha la tête :

— Bien des choses restent à étudier en ce domaine. Malgré la tentation, il faut se garder d'audaces trop imprudentes.

Après un silence, il reprit :

— Ma sœur et tes mères les nymphes doivent être heureuses de te voir de retour.

— Moi aussi, dit Atalante, je le suis, quoique Jason me manque. Mais je me réjouis qu'il ait accompli son projet.

Elle se leva.

— Tu rentres déjà ?

— Oui, je veux être chez les nymphes avant la nuit. Tu sais combien elles aiment les histoires ? Alors, tous les soirs, autour du feu, je leur raconte l'épopée des Argonautes. J'ai de quoi faire pendant des semaines.

Anne-Sophie Silvestre

L'auteur est médecin. Elle est née en 1960 à Paris. Elle a trois grands enfants et un grand mari. Elle aime lire, rêver, écrire des histoires, inventer des dialogues, créer des mondes imaginaires et se promener dans le temps. Elle aime aussi les bateaux, les chevaux et les vagues le long de l'océan.

Du même auteur, chez Flammarion :

Mon ami Louis
Atalante, *Le galop des amazones*
Atalante, *Le secret du labyrinthe*
Une princesse à Versailles
Course contre le Roi-Soleil
La Sentinelle de l'empereur

Marie-Antoinette :
Tome 1, *Le jardin secret d'une princesse*
Tome 2, *À la cour de Versailles*
Tome 3, *Le printemps du règne*

Les folles aventures d'Eulalie de Potimaron :
Tome 1, *À nous deux, Versailles !*
Tome 2, *Le serment amoureux*
Tome 3, *Secrets et présages*
Tome 4, *L'amazone de Mademoiselle*

Chevalier d'Éon, agent secret du Roi :
Tome 1, *Le masque*
Tome 2, *La tsarine*
Tome 3, *La forteresse*
Tome 4, *Le pacte*

Cali Rezo

Cali Rezo est graphiste et vit à Paris. Après une année aux Beaux-Arts d'Aix-en-Provence, elle a poursuivit ses études à l'École nationale supérieure des Arts Décoratifs à Paris. Elle travaille particulièrement pour l'édition mais aussi pour la presse et la publicité.

Table des matières

Dépôt légal : septembre 2013
N° d'édition : L.01EJEN000856.N001
Loi N° 49-956 du 16 juillet 1949
sur les publications destinées à la jeunesse